U0015363

Rest in Pieces
器官拼圖

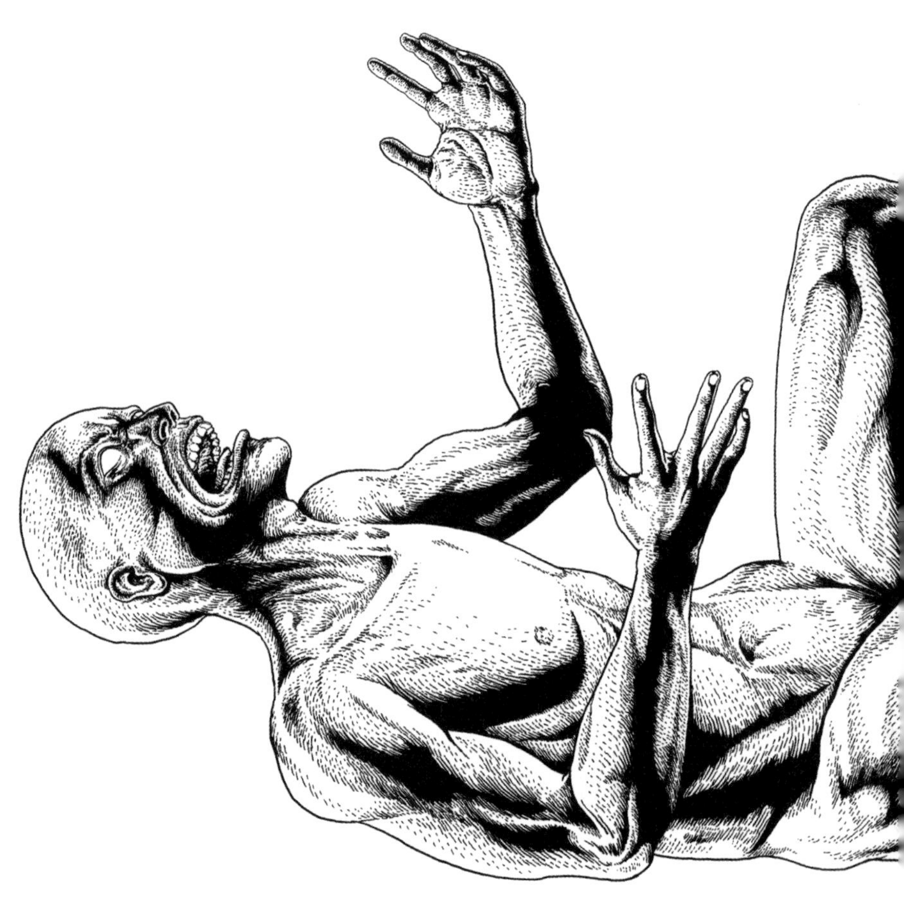

# 目次



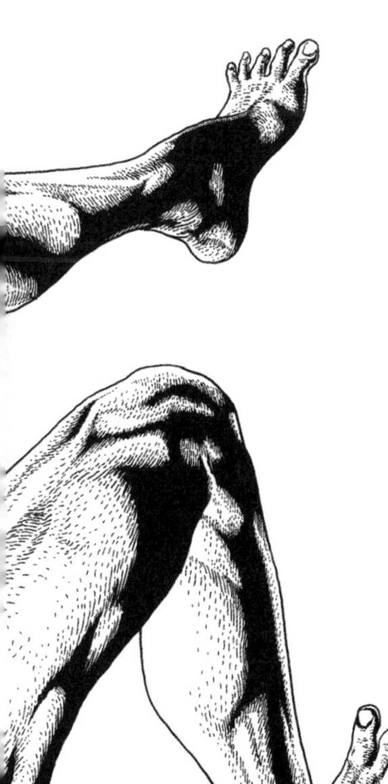

宇宙的幽靈
藥島

離開地球一直是我的夢想。

因為我不想再看見任何幽靈了。

對，我可以看見幽靈。

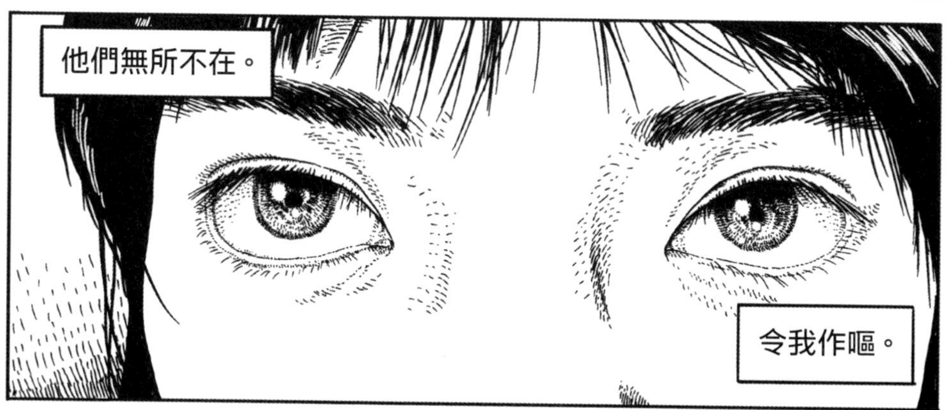

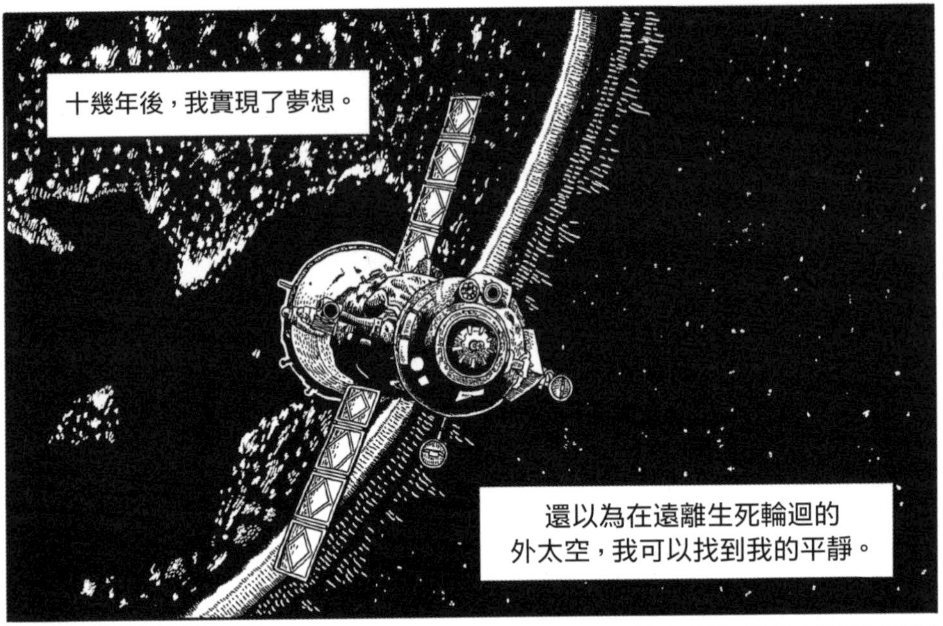

十幾年後，我實現了夢想。

還以為在遠離生死輪迴的
外太空，我可以找到我的平靜。

但我錯了，

錯得離譜。

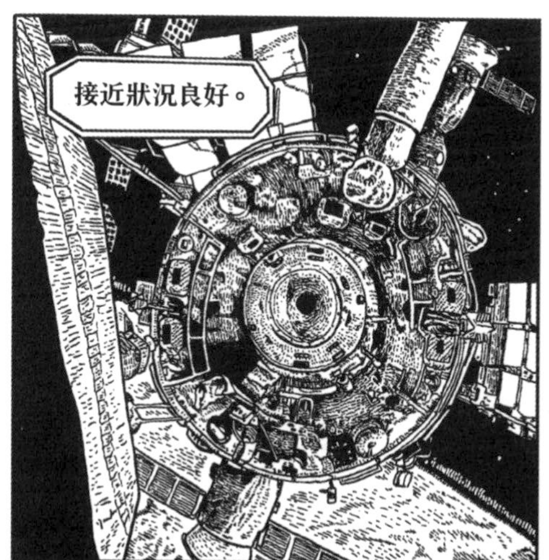
接近狀況良好。

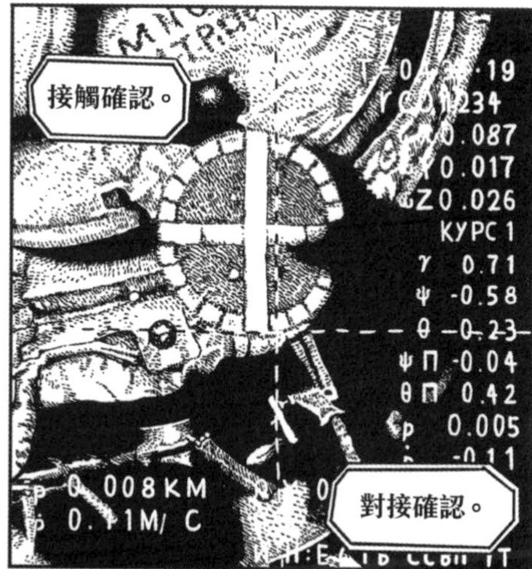
接觸確認。
KYPC 1
γ 0.71
ψ -0.58
θ -0.23
ψΠ -0.04
θΠ 0.42
0.005
0.008KM
對接確認。

和平號 MS01 太空船，於美中時間下午八點二十分完成對接。
歡迎登船。

當我終於身處在宇宙中…

宇宙中充斥著千萬倍於地球的幽靈，祂
們發出淡淡白光。數量多到我分不出整
個宇宙究竟是星光，還是更多的幽靈。

我想，當肉體死亡後，靈魂就解除了束縛，變成幽靈在宇宙中長久漂浮著。

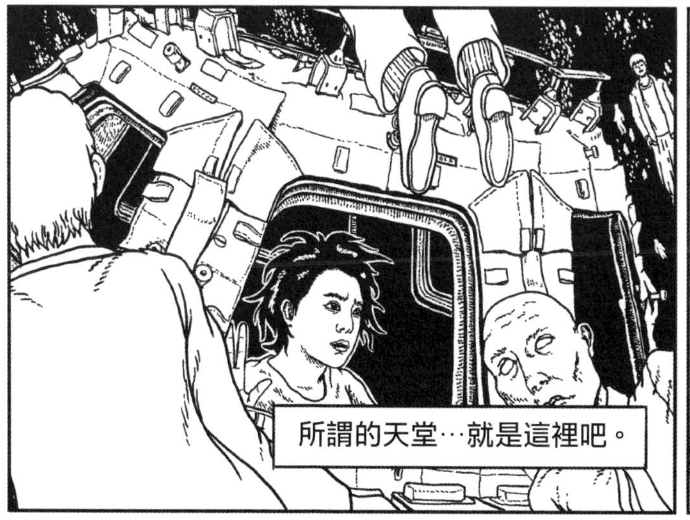
所謂的天堂…就是這裡吧。

天堂在很高很高的天上，所以想念媽媽的時候，只要看著天空……
媽媽她啊，去天堂了喔。

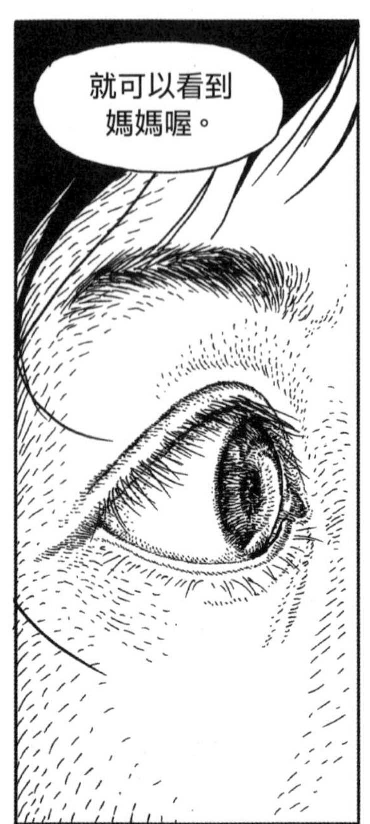
就可以看到
媽媽喔。

媽媽？
為什麼你會在這裡？

媽媽！

你為什麼丟下我
一個人！

為什麼沒有來看過我？

從小到大，看過那麼多的幽靈，我卻從來沒看過你…
我好想你…

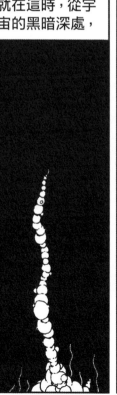

就在這時，從宇宙的黑暗深處，

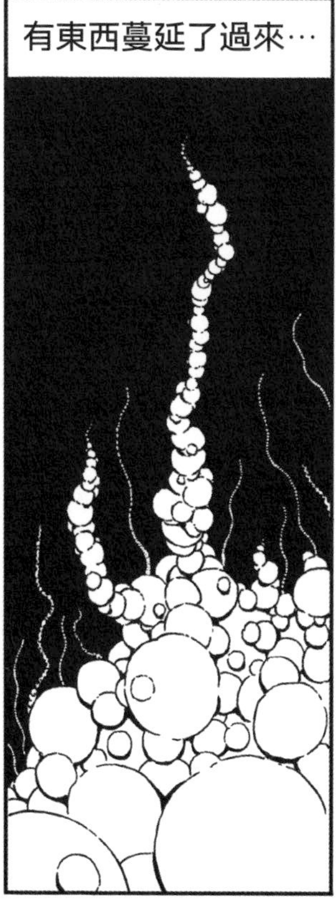
有東西蔓延了過來…

是幽靈，但不是從地球來的。
祂的形體彷彿能無限擴展，
比整個地球還要龐大。
祂幾乎覆蓋了整個可視範圍，從祂身上
分裂出來的無數觸手，將所有幽靈一個
個的吞噬了…

快逃啊！媽媽！

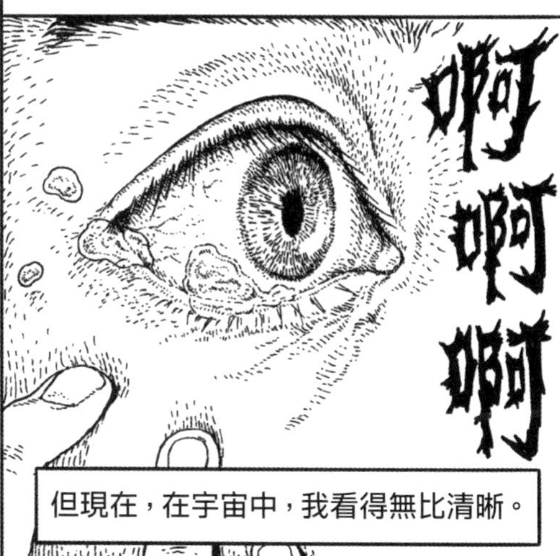
或許是因為地磁干擾，或是大氣層的阻隔，我在地球上從來沒有看過這種⋯東西。
啊啊啊
但現在，在宇宙中，我看得無比清晰。

祂究竟是什麼？

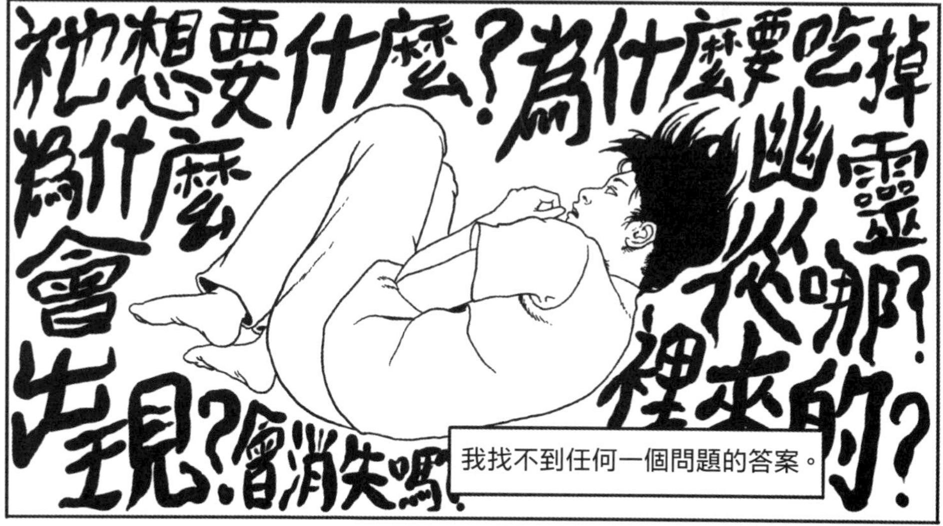
祂想要什麼？為什麼要吃掉幽靈？
從哪裡來的？
為什麼會出現？會消失嗎？
我找不到任何一個問題的答案。

一週過後，祂開始吞噬地球表面的幽靈，
那就像是一場大屠殺，但見證人只有我。
地球上數以億計的幽靈，都被吃了。

組員們很擔心我，他們無法理解，一起經過那麼
多的訓練和測驗，為什麼只有我表現如此失常。
我不怪他們，我慶幸他們看不到。

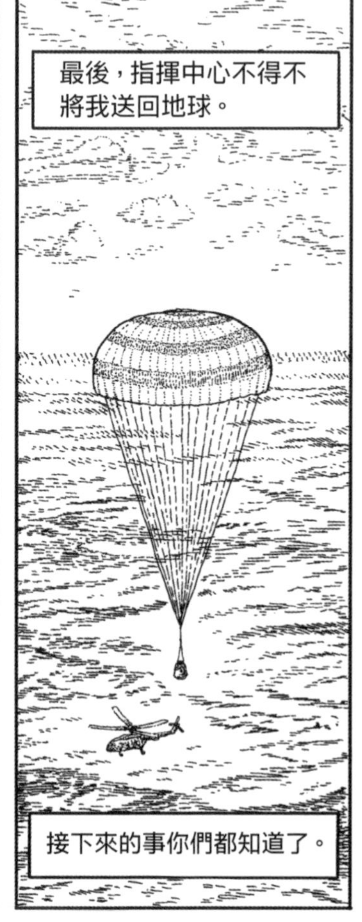
最後，指揮中心不得不
將我送回地球。
接下來的事你們都知道了。

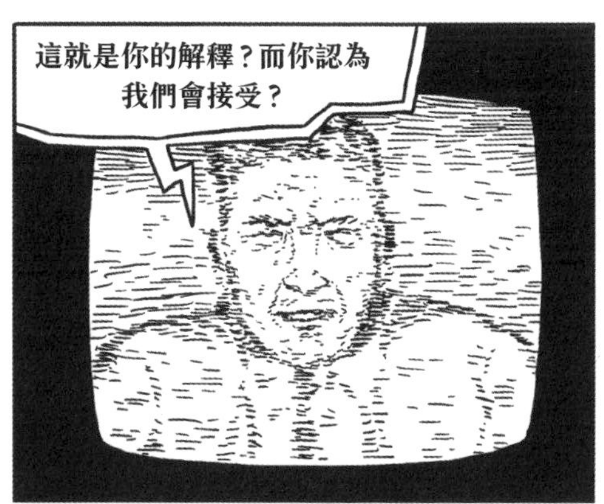
這就是你的解釋？而你認為
我們會接受？

隨便你們接不接受，
我不會再回去了。

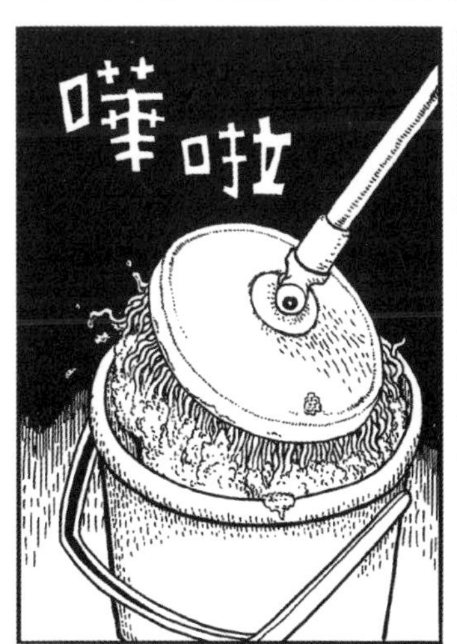
嘩啦

近日世界各地發現了大量異常病例，無數
健康的嬰兒剛出生就沒有任何意識……

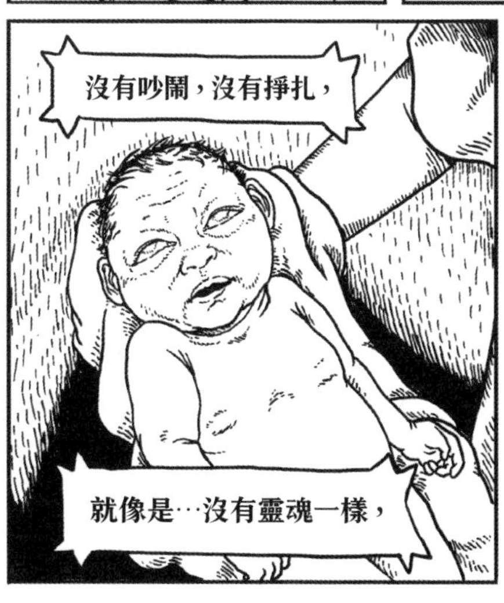
沒有吵鬧，沒有掙扎，
就像是…沒有靈魂一樣，

截至目前為止，尚未找到原因。

我好想念媽媽，
還有那些幽靈。
宇宙的幽靈。完

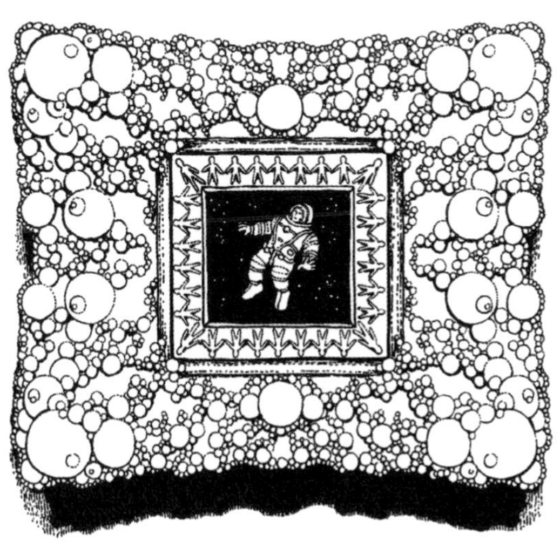

幻肢
藥島

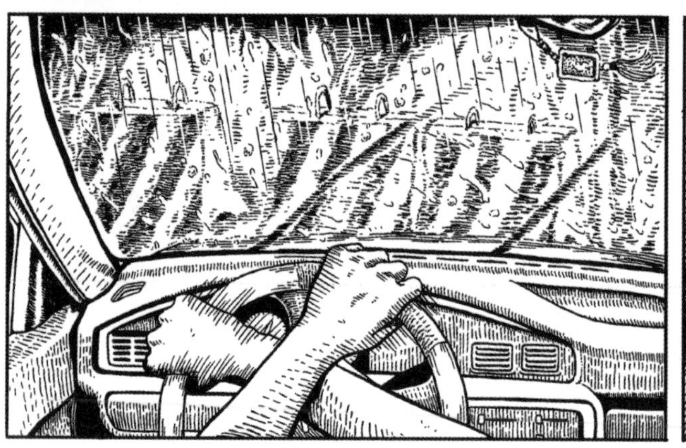
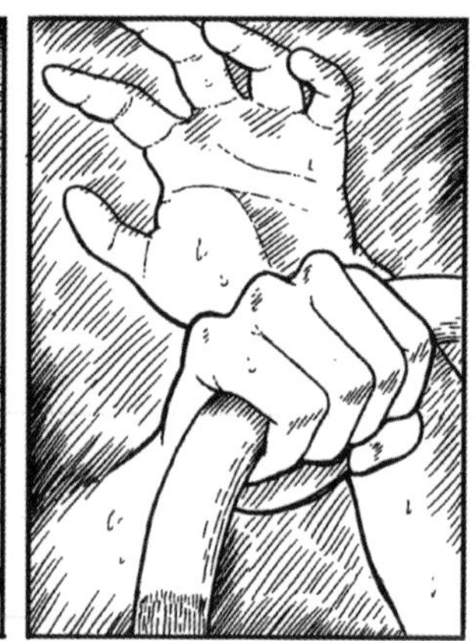

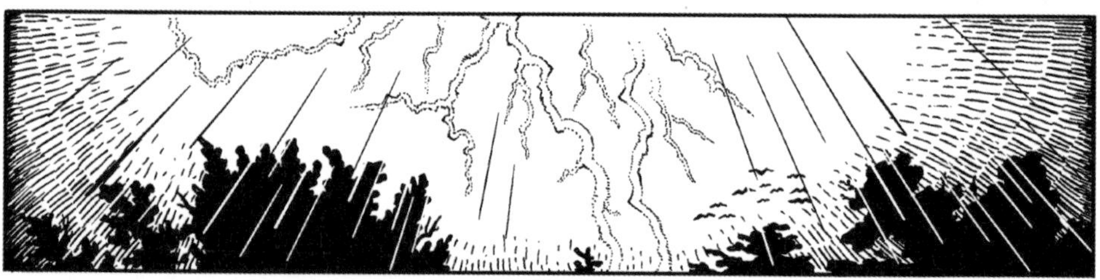

啪

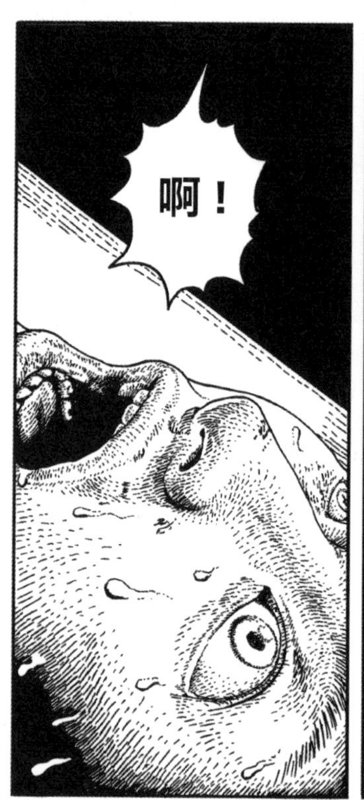

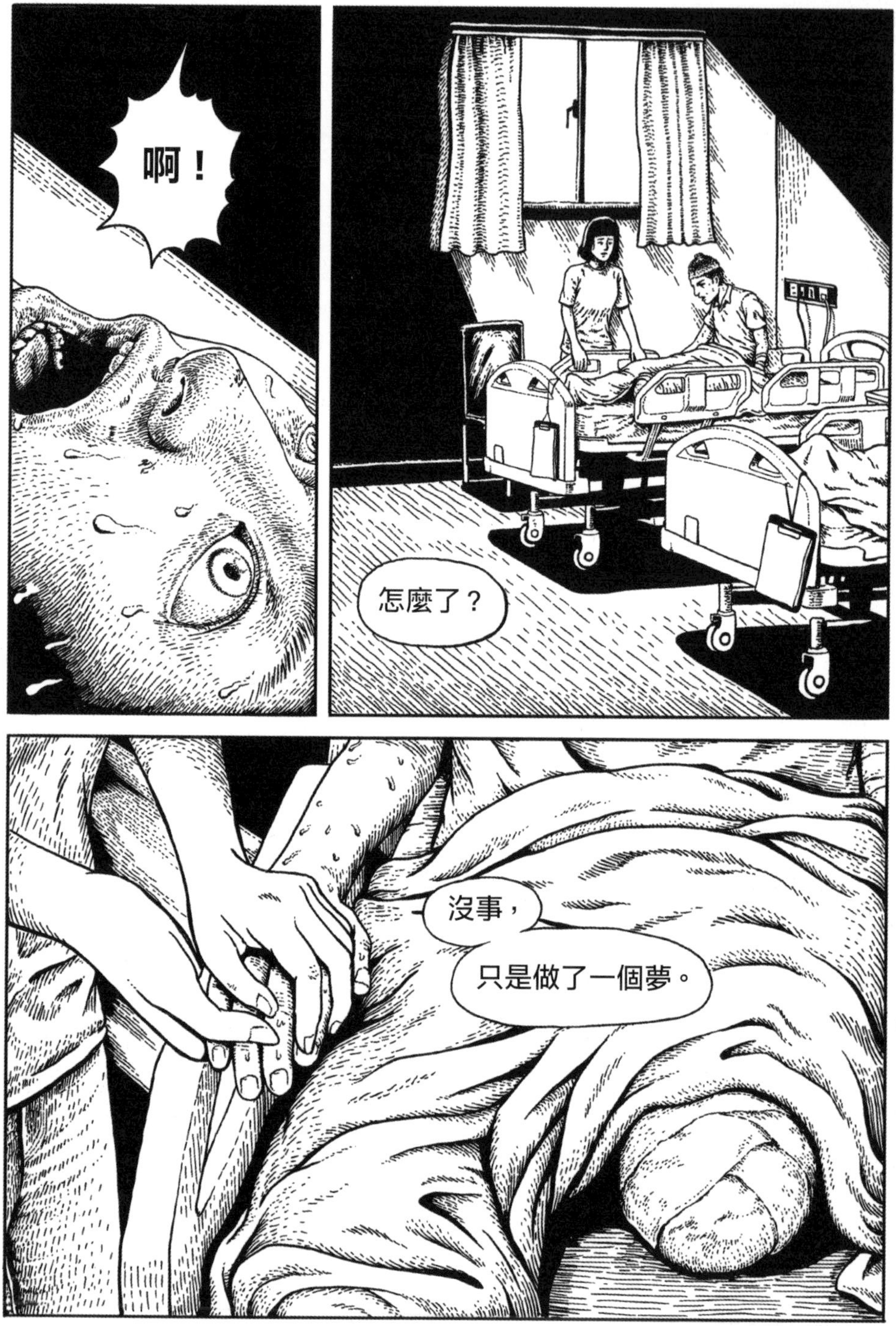

沒事，

只是做了一個夢。

我夢到我的腳在森林
深處腐爛著。

但不只有我的腳。

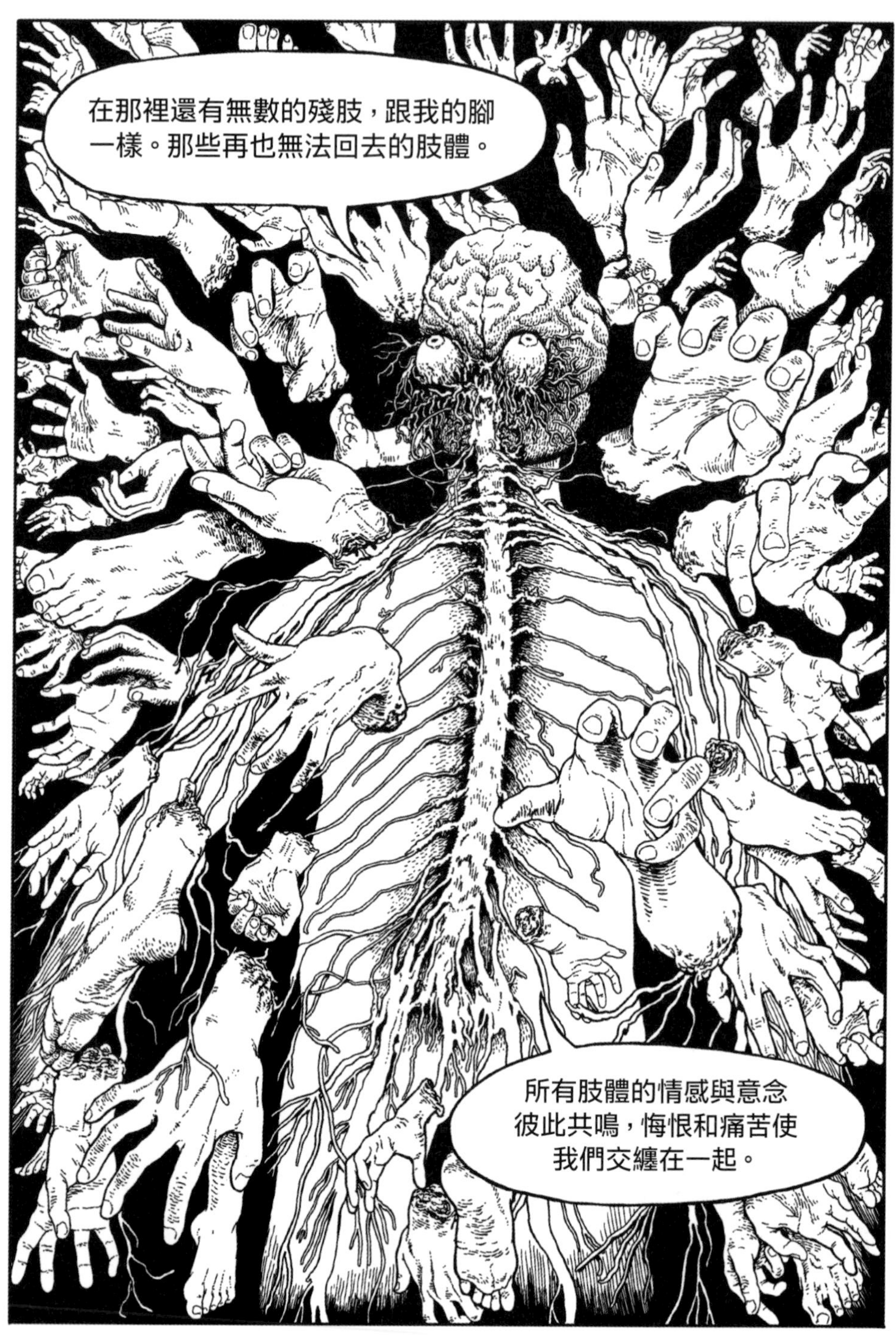
在那裡還有無數的殘肢，跟我的腳
一樣。那些再也無法回去的肢體。
所有肢體的情感與意念
彼此共鳴，悔恨和痛苦使
我們交纏在一起。

而永無止境的閃電…
給了我們能量。

然後，我又可以走了！
草地刺痛了腳掌，底下的
土壤混合了腐爛的落葉，
踩起來潮濕又柔軟……

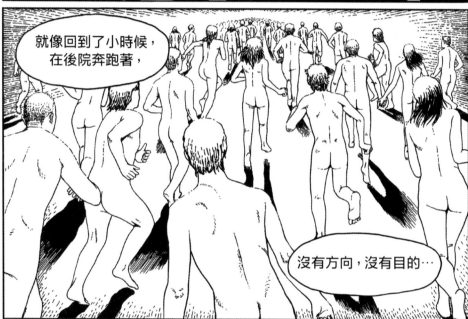

就像回到了小時候，在後院奔跑著，

沒有方向，沒有目的…

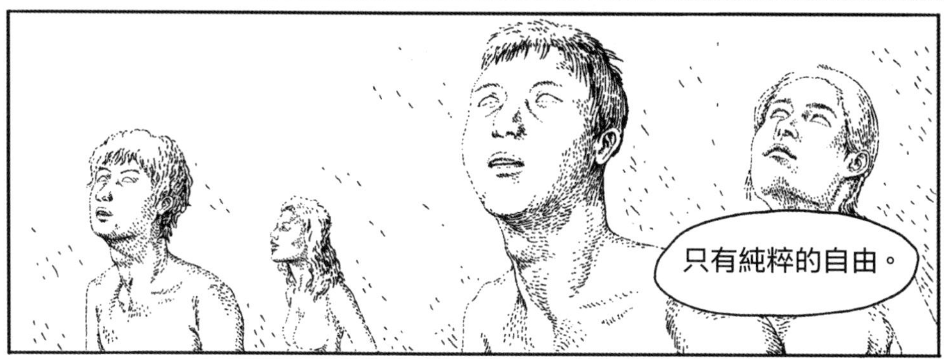

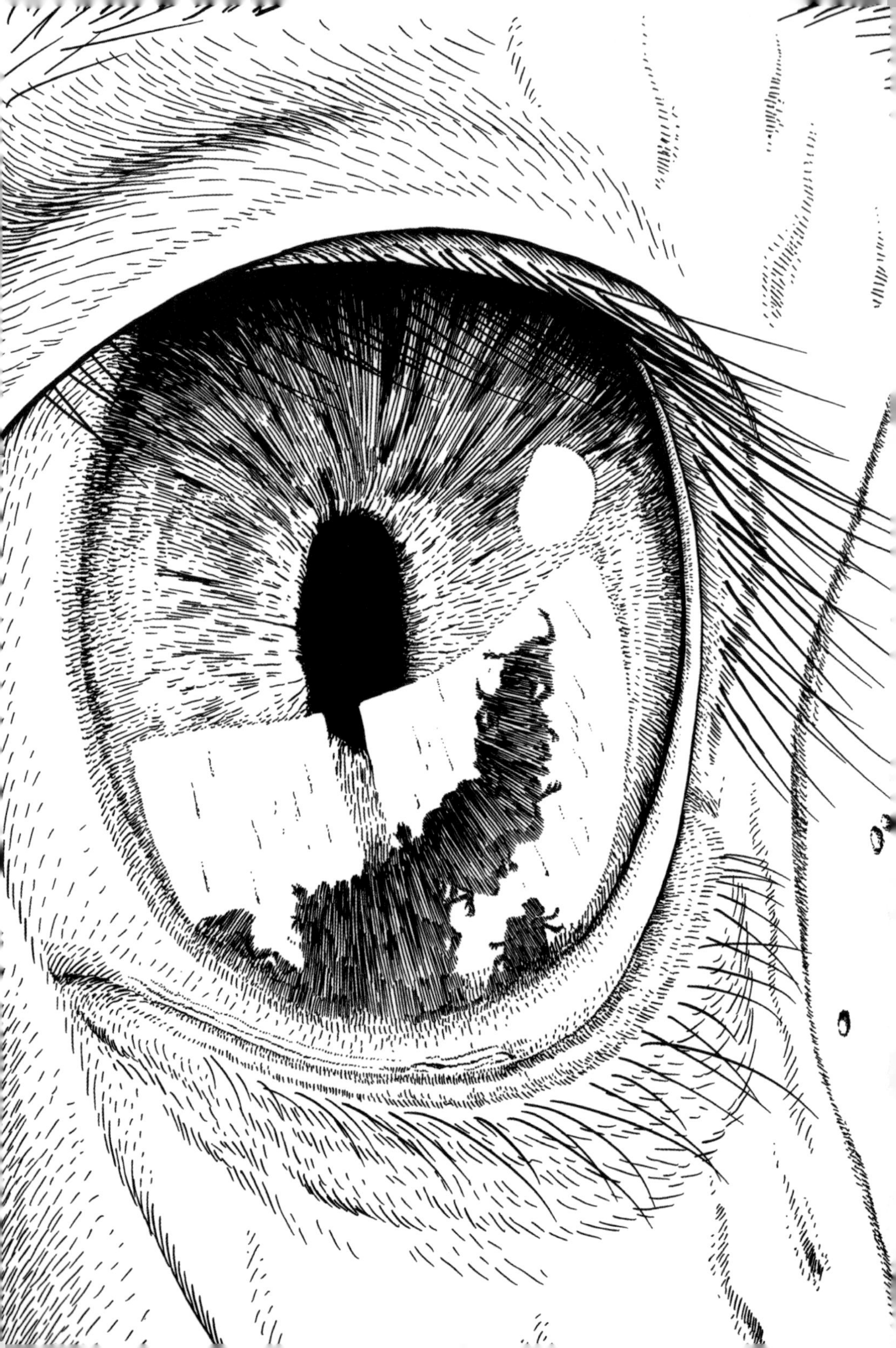

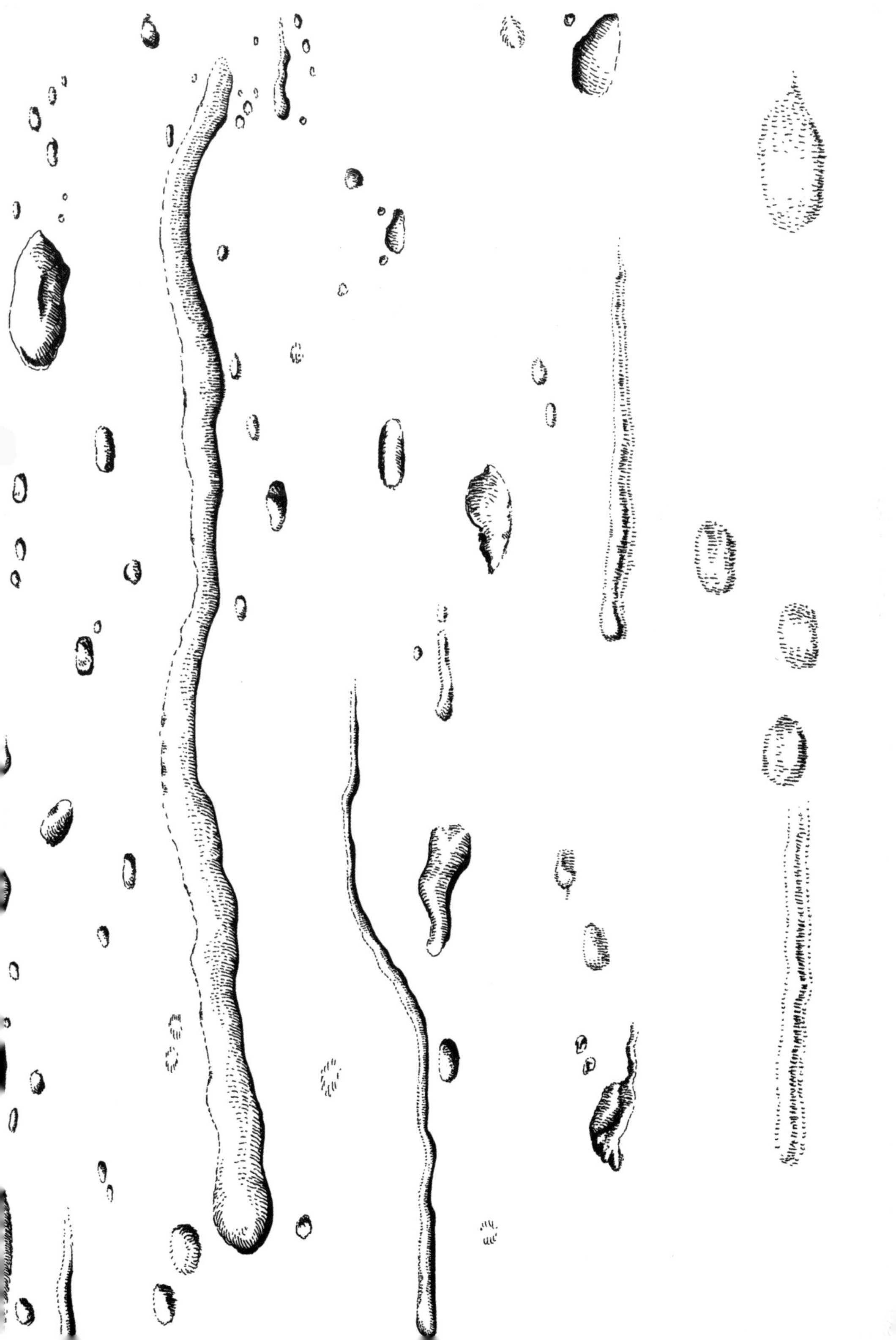

其實，
算是個美夢吧。
幻肢·完

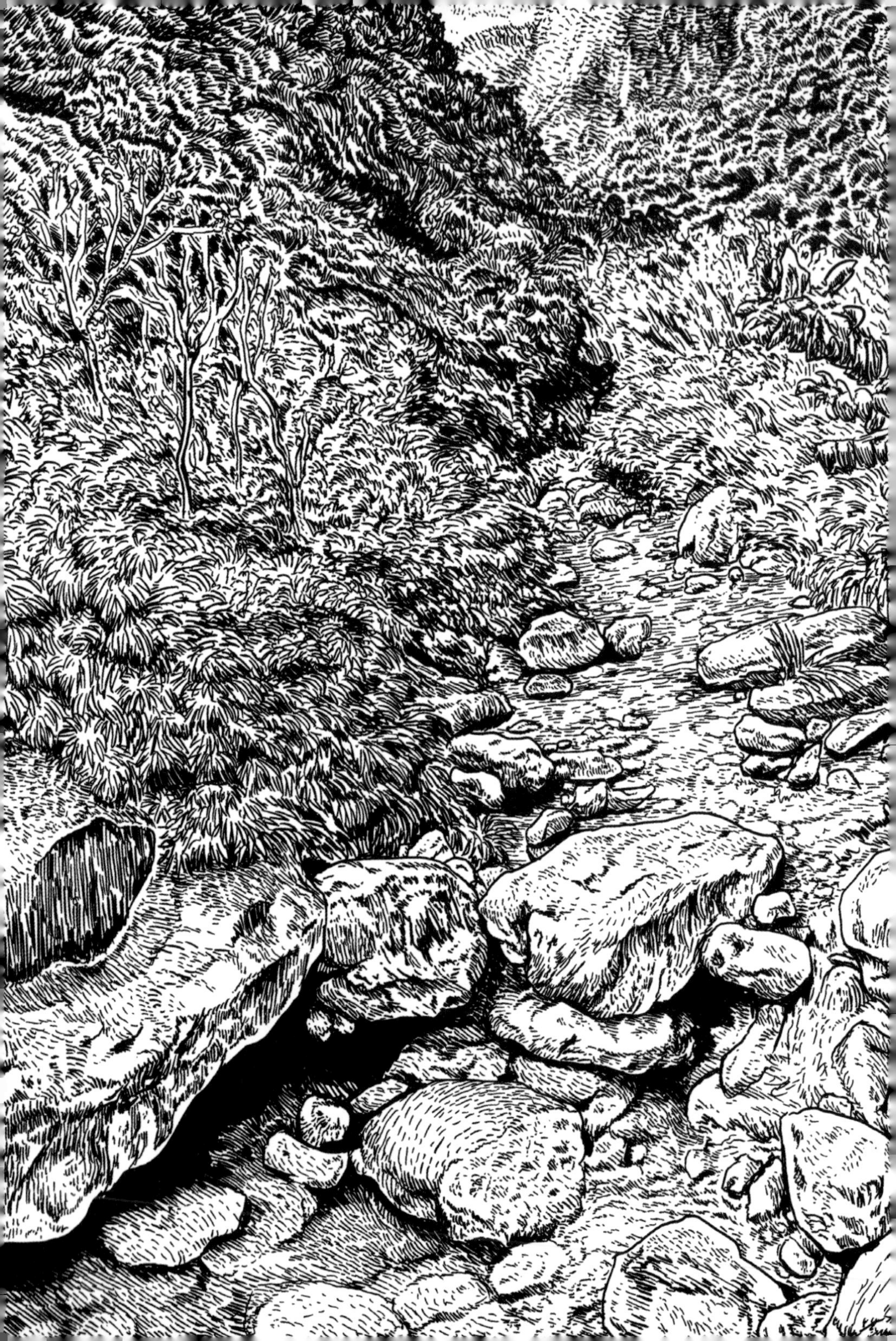

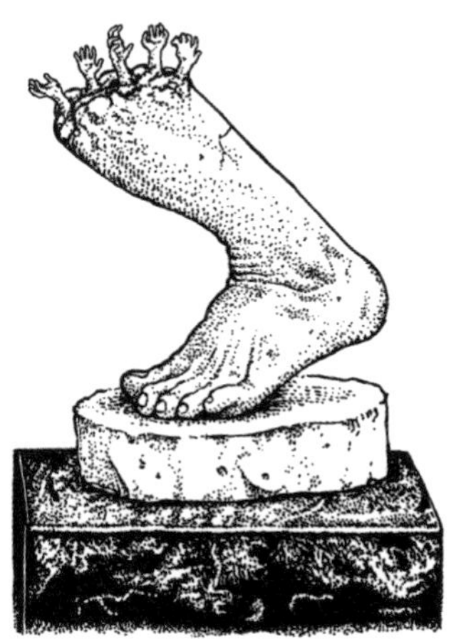

國宅出租
和心國宅
自
租
套房即刻入住
月租 4000元
藥島

租
租

租
留下來……

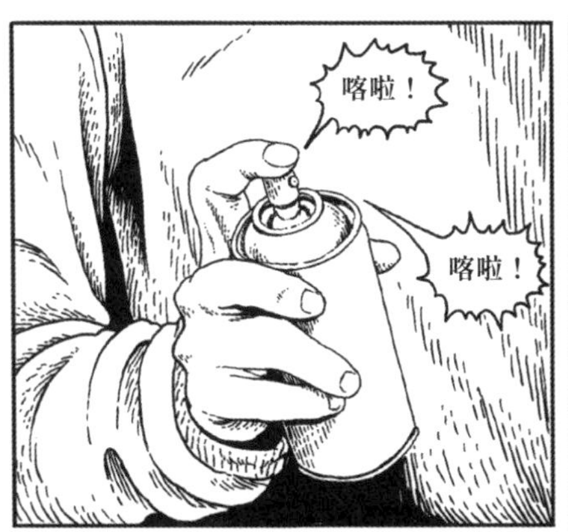
喀啦！
喀啦！

留……下來……
嘶—

留下來……

喂。

你怎麼進來的！

喂！

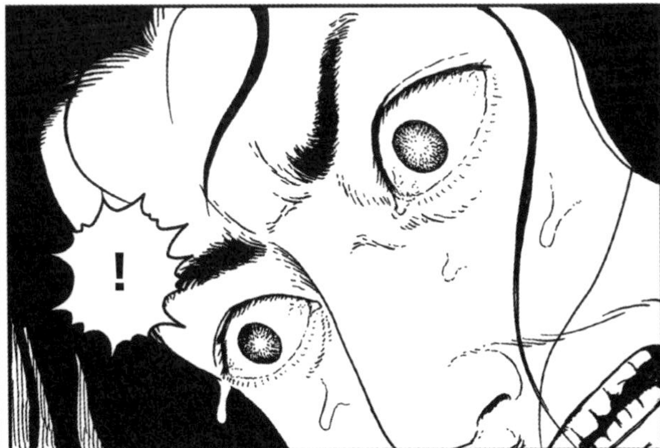
！

留下來。

噫！

嗚啊啊啊！

租

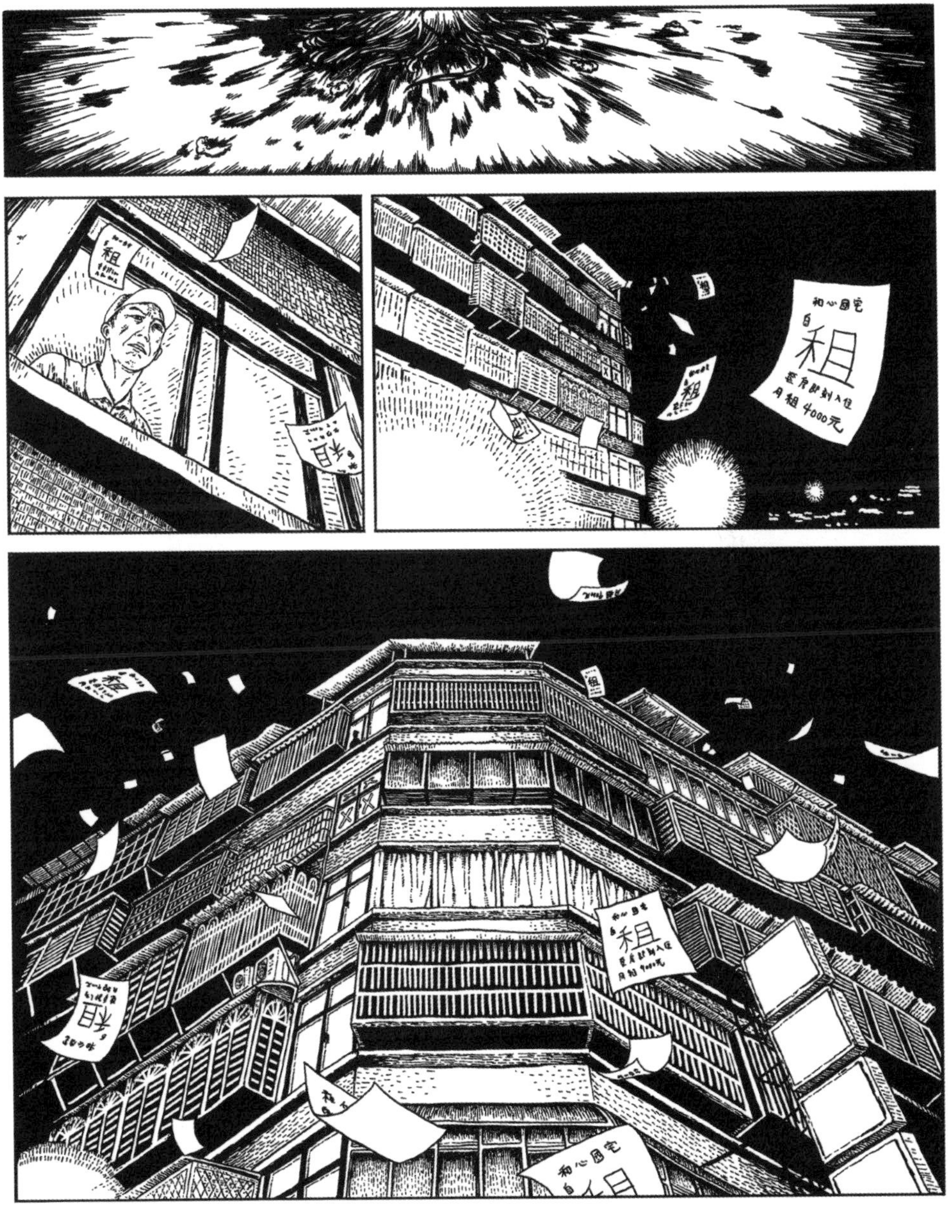

和心園宅
自
租
套房即刻入住
月租 4000元

自 和心園宅
租
套房即刻入住
月租 4000元

家庭式分租雅房，
一萬二？雷。

九千五？
頂加？
爛。
嗯？

套房即刻入住，
月租只要……四千？
也太便宜了吧。

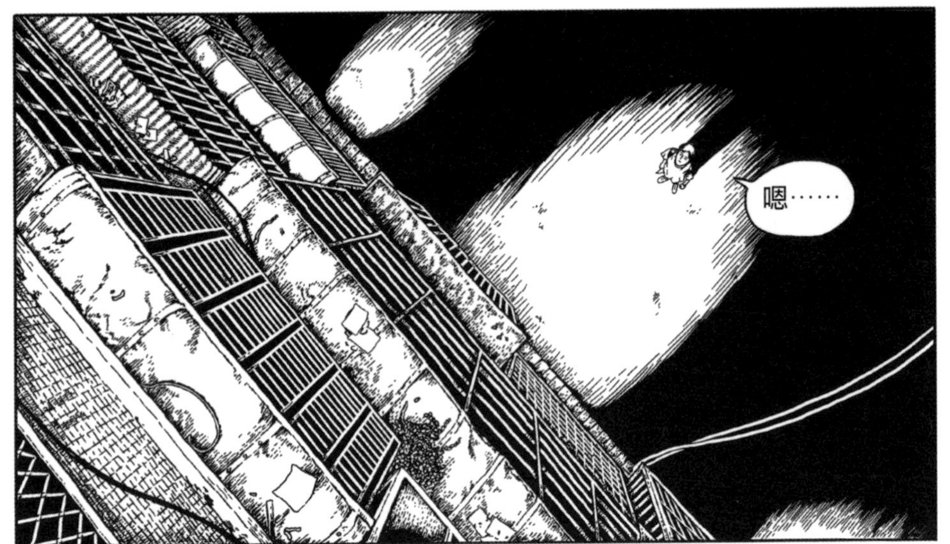
嗯……

這國宅比我阿公還老吧。

你在看什麼？小妹妹？

啊！你好，我準備要到附近念大學，我來這邊找租屋。

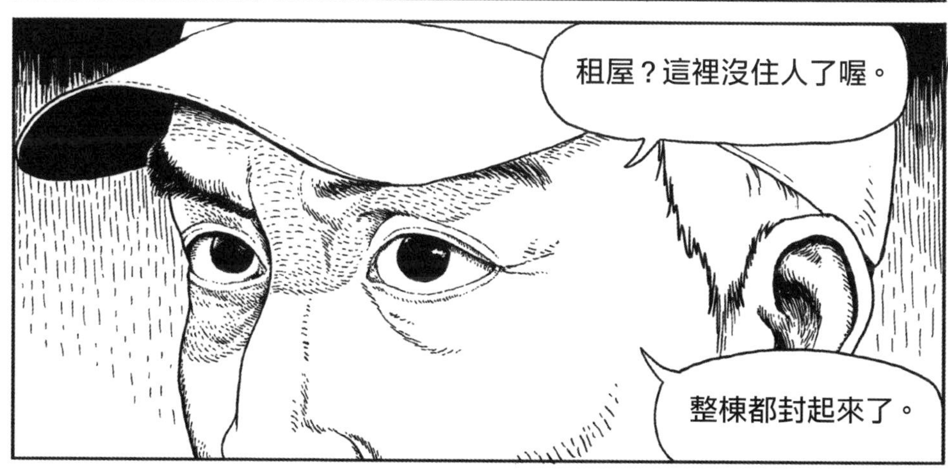
租屋？這裡沒住人了喔。
整棟都封起來了。

但我看到招租傳單耶，和心國宅是這裡對吧？
和心國宅
自
租
套房即刻入住
月租 4000元

去跟你阿公住啦！走走走！

怪阿伯……
叮鈴鈴～

叮鈴鈴～

媽媽
行動電話

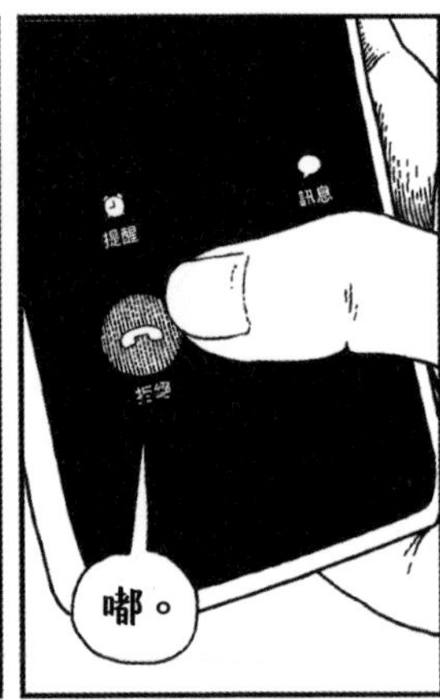
提醒
訊息
拒絕
嘟。

想要一個正常的房間
怎麼會這麼難啊？

難不成要回家嗎…

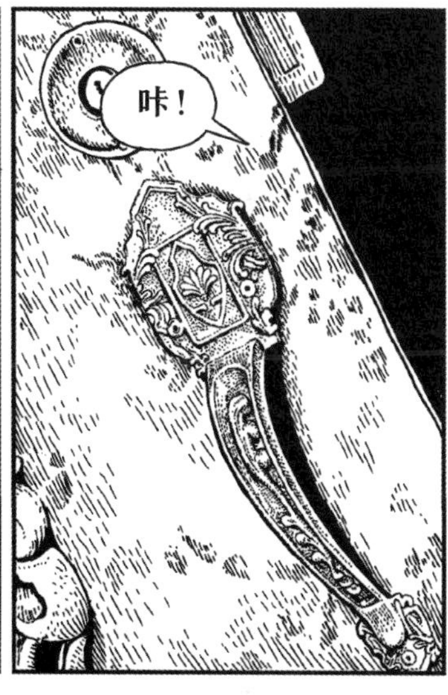
咔！

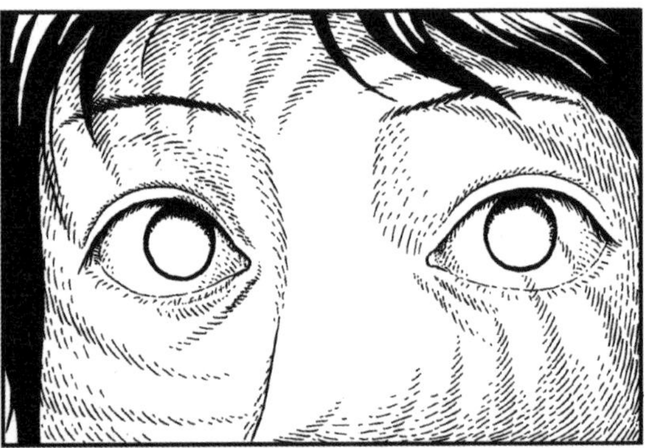

既然都來了，
就看一下下吧。

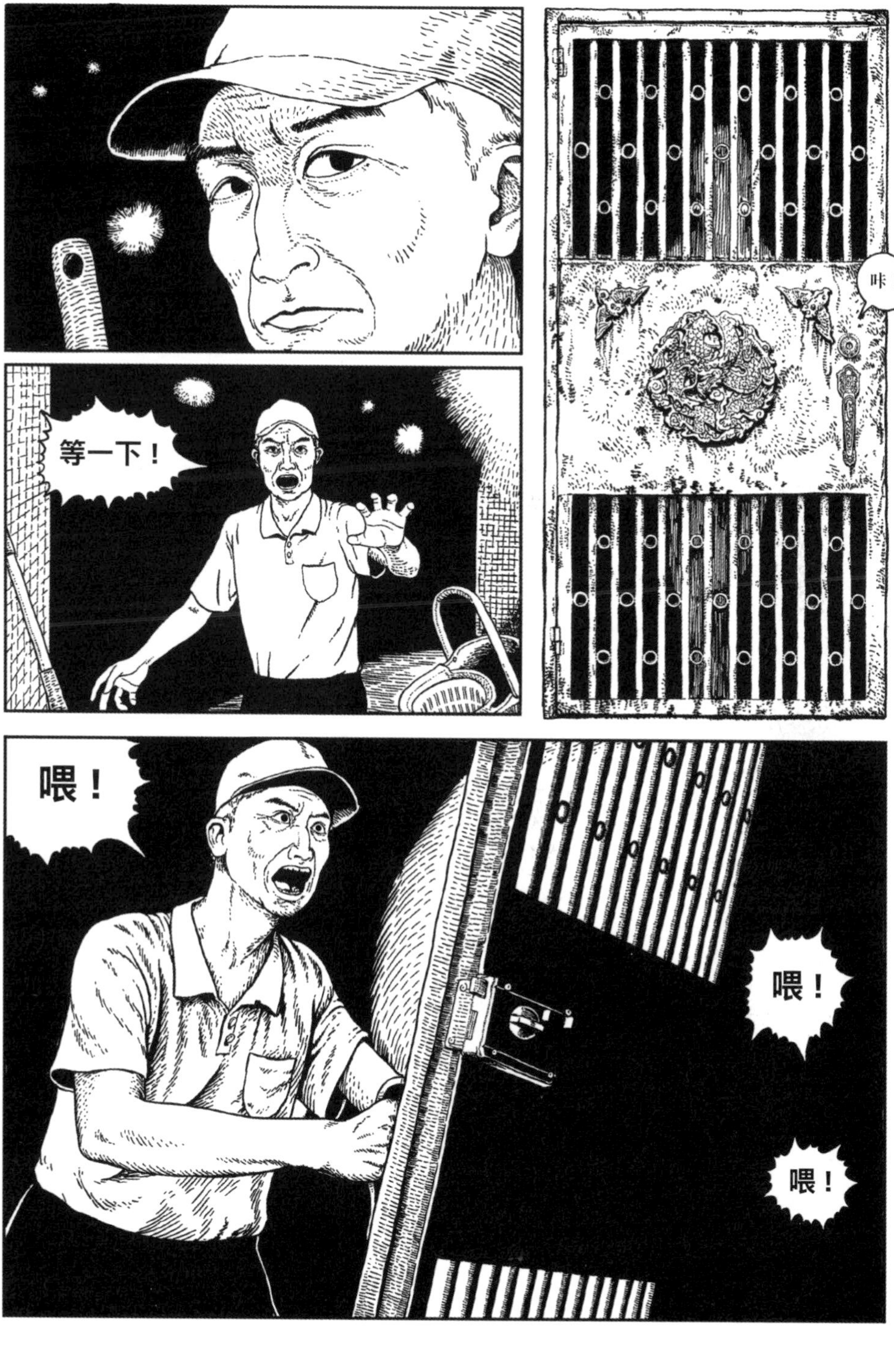

等一下！

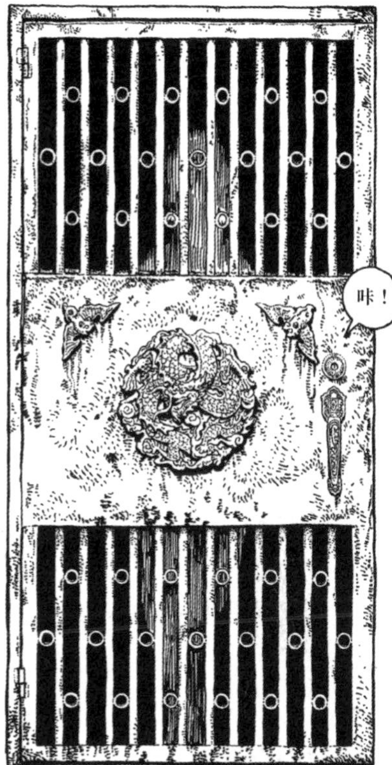

咔！

喂！
喂！
喂！

千萬兩
恭喜發財

燒金紙的味道。

祖

不知道哪戶傳來
的廣播聲。

紅色的樓梯扶手。

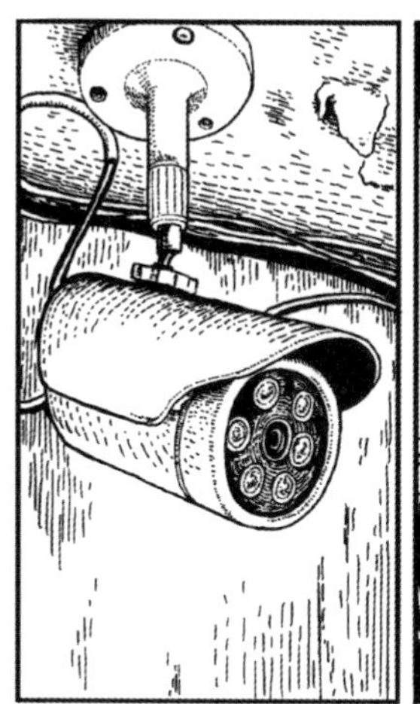

好像回到小時候……

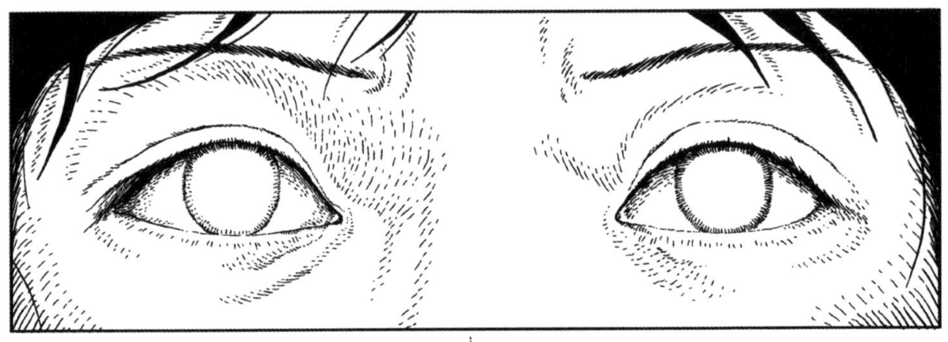

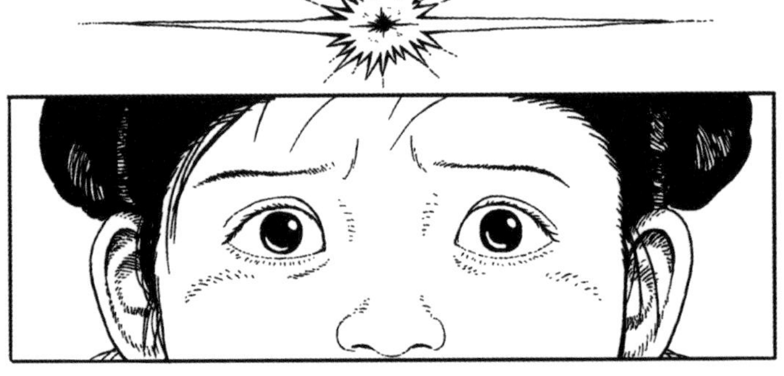

媽媽？

嗚……

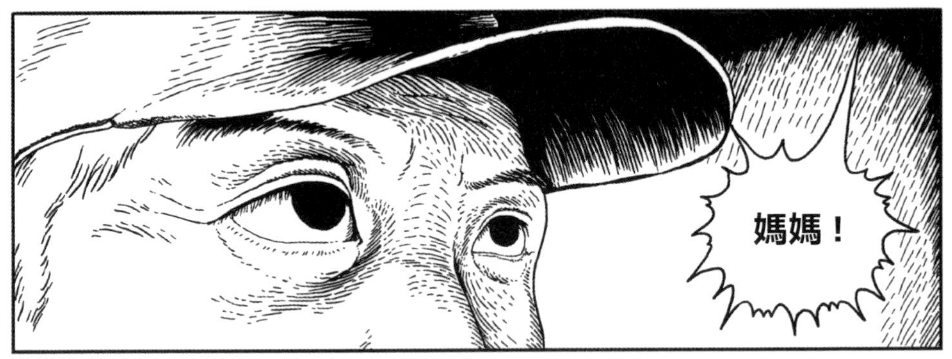
媽媽！

……

啊！

喂！

媽媽！

回來啦！哎呦！
你怎麼哭成這樣啊？

媽媽！
不要離開我！
哎呦，你很搞笑耶，
我不是在這裡嗎？

我夢到你很生氣，因為我
想要搬出去住，然後我跑
出去，然後你就不要我了！

好～沒事了，不要再
跑出去就好了啊。

要一直陪著我喔。

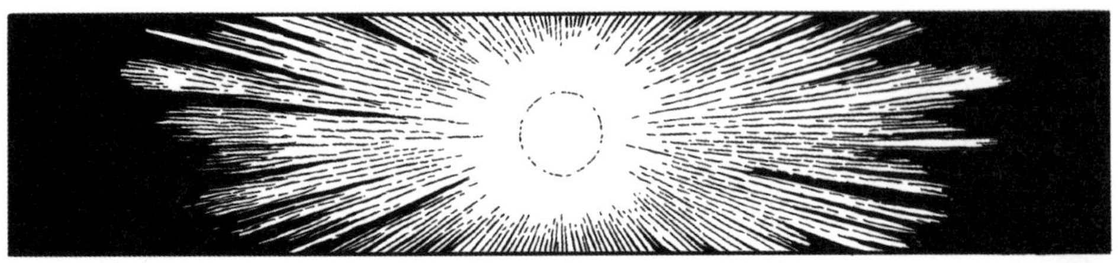

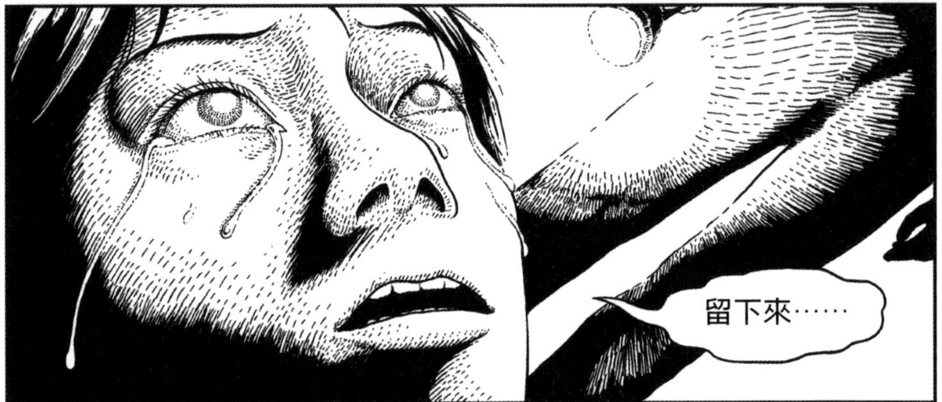

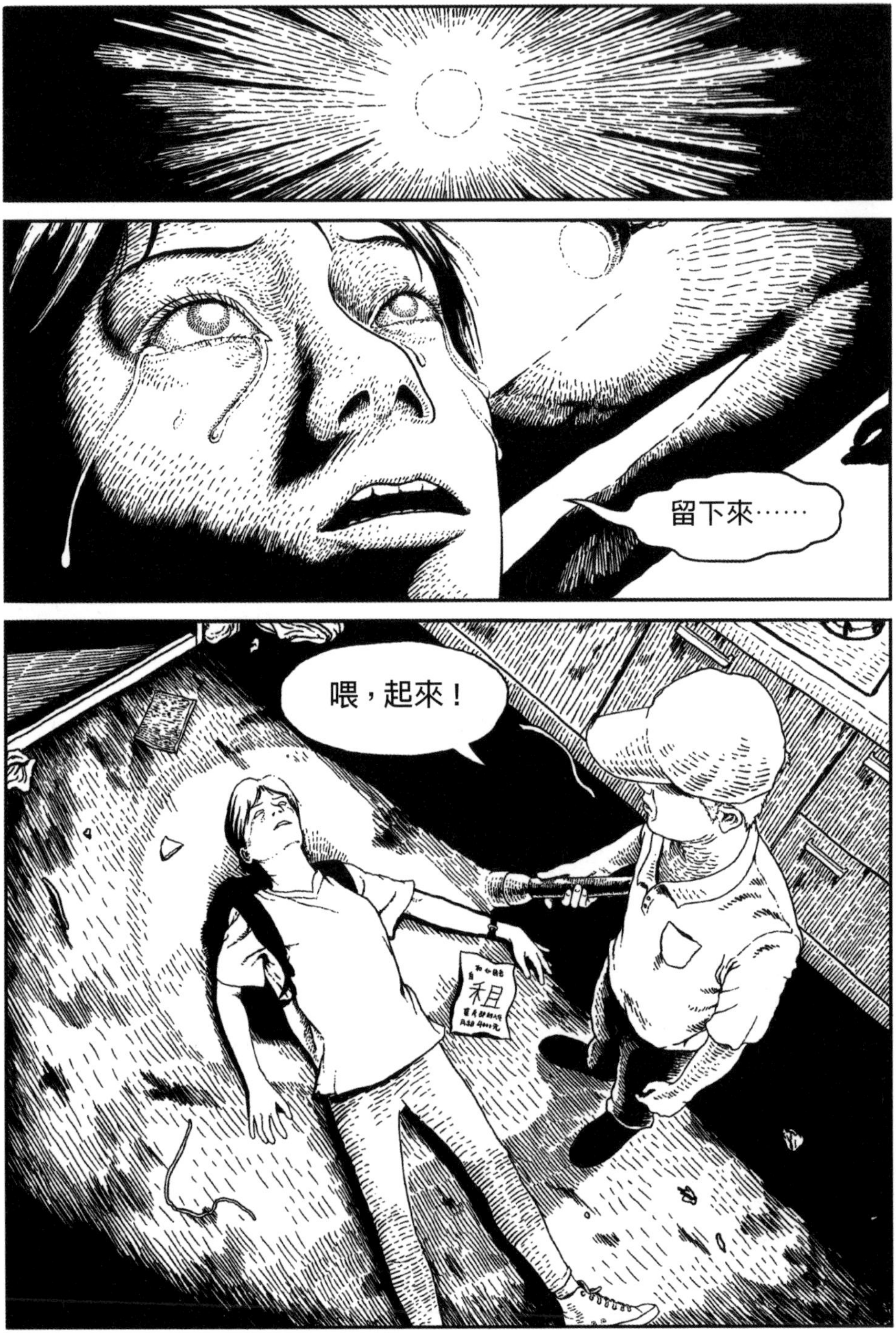

留下來……

喂，起來！
租

媽媽？

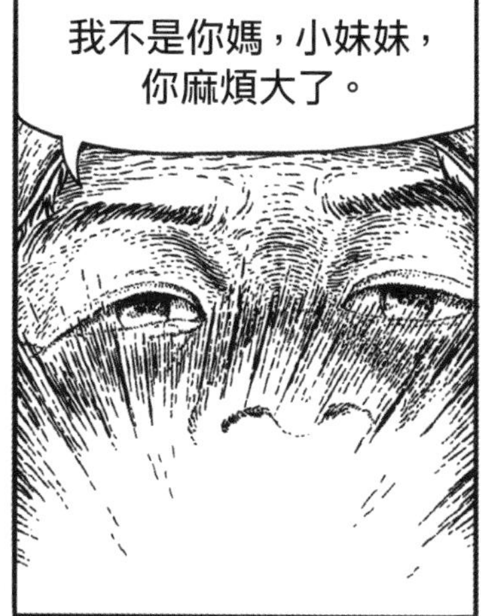
我不是你媽，小妹妹，
你麻煩大了。

快起來！

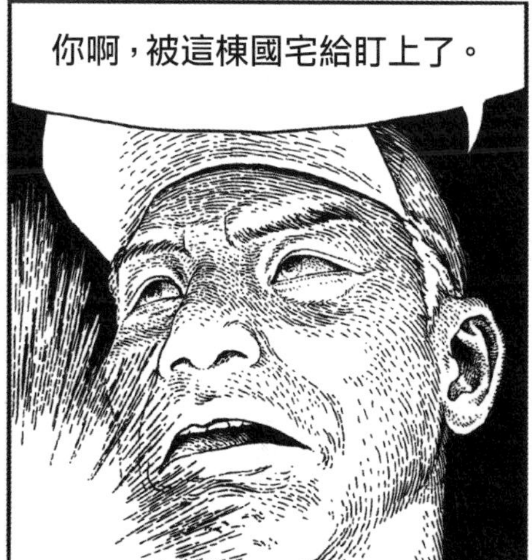
你啊，被這棟國宅給盯上了。

這不是一般的國宅，
這棟國宅是活的。

它會製造幻覺，利用你的回憶，或是成千上百曾經生活在這棟國宅裡的人的樣貌。

讓你懷念，讓你恐懼，讓你失去自我……

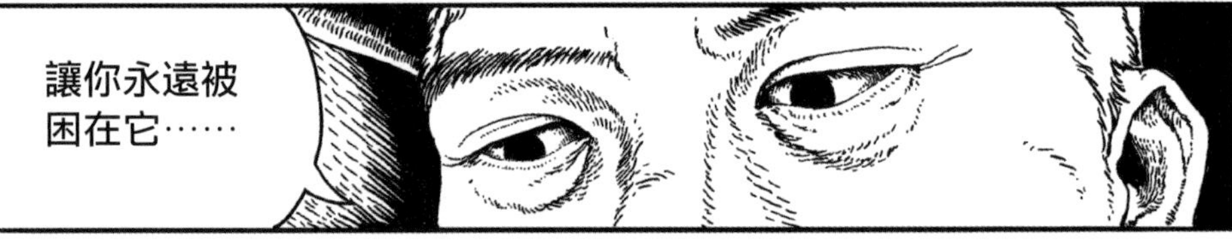
讓你永遠被困在它……

裡面……

我怎麼會跑進來？
出口在哪裡？

爲什麼會在
這裡睡著呢？
還做了那些
小時候的夢……

啊！有住戶在！

不好意思！請問你
知道出口在哪裡嗎？

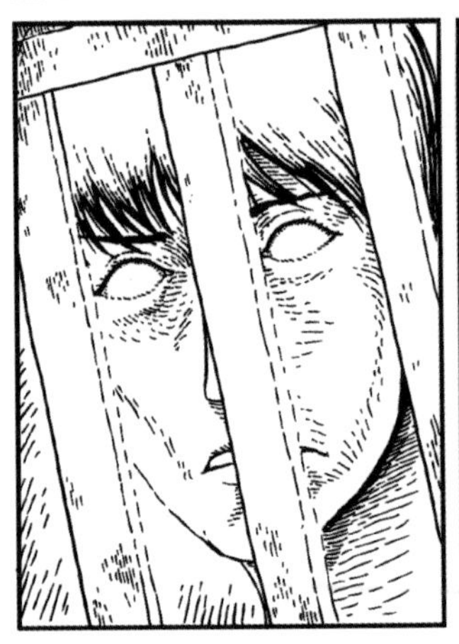

碰！

……

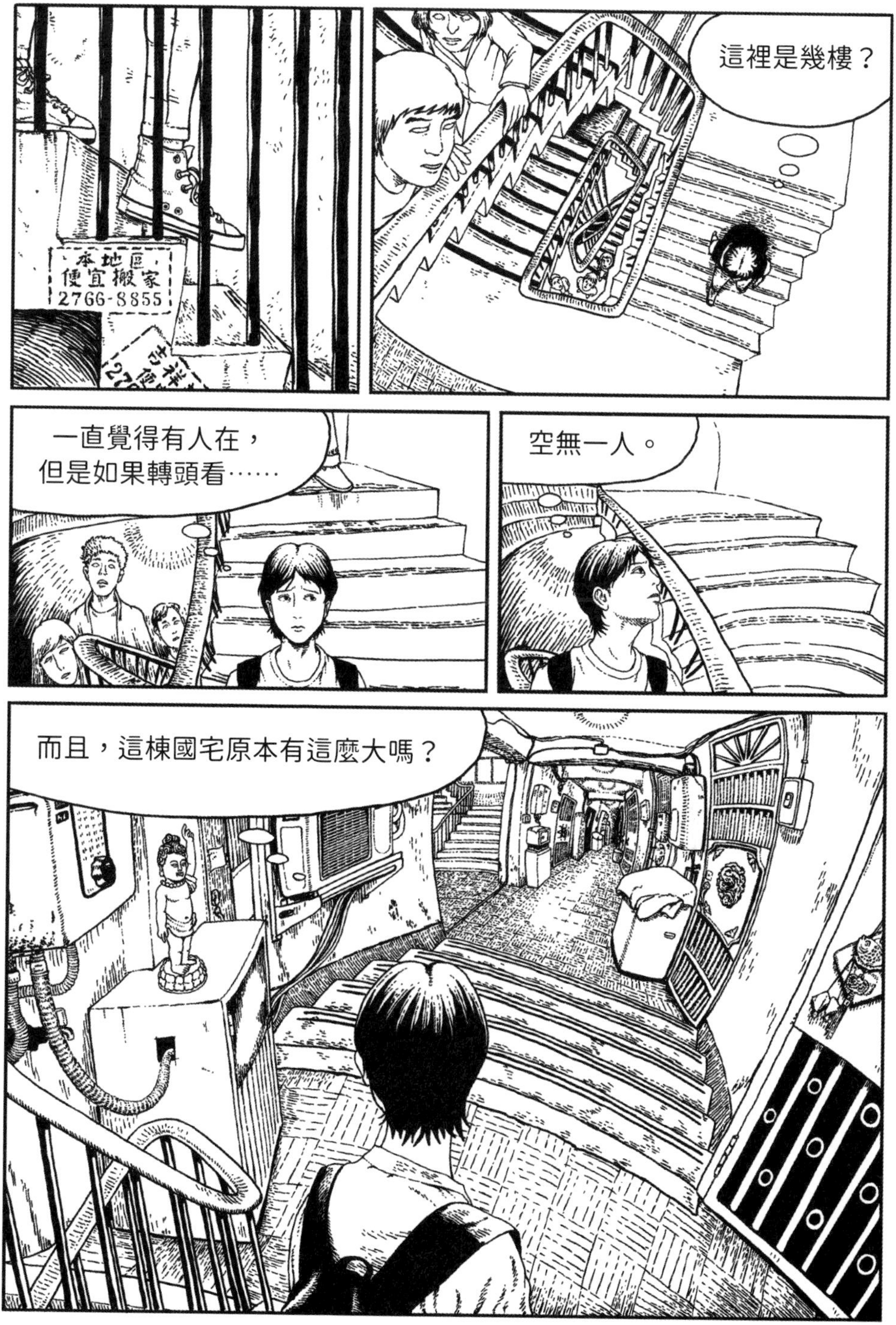

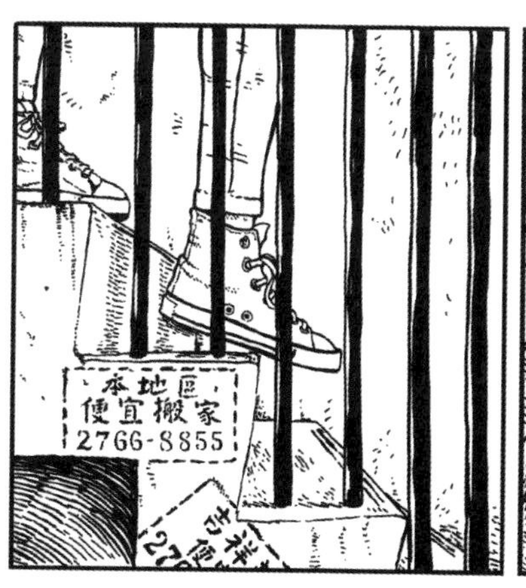


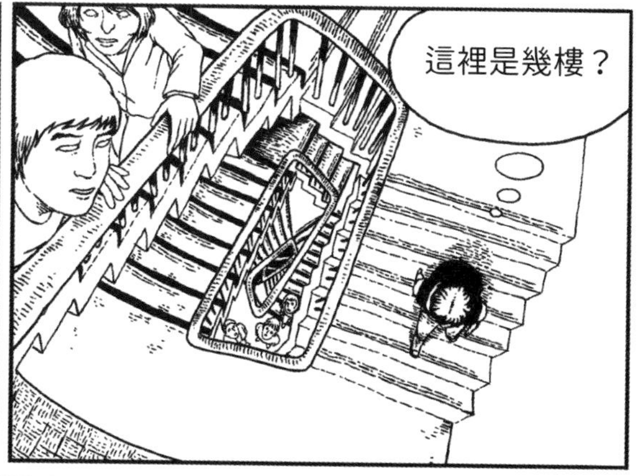

這裡是幾樓？


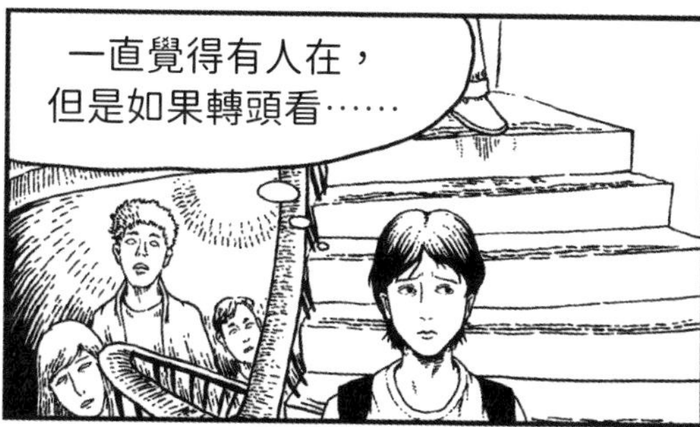

一直覺得有人在，
但是如果轉頭看……


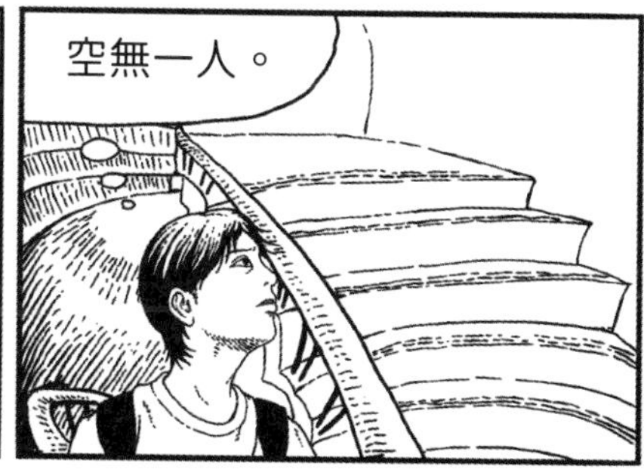


而且，這棟國宅原本有這麼大嗎？

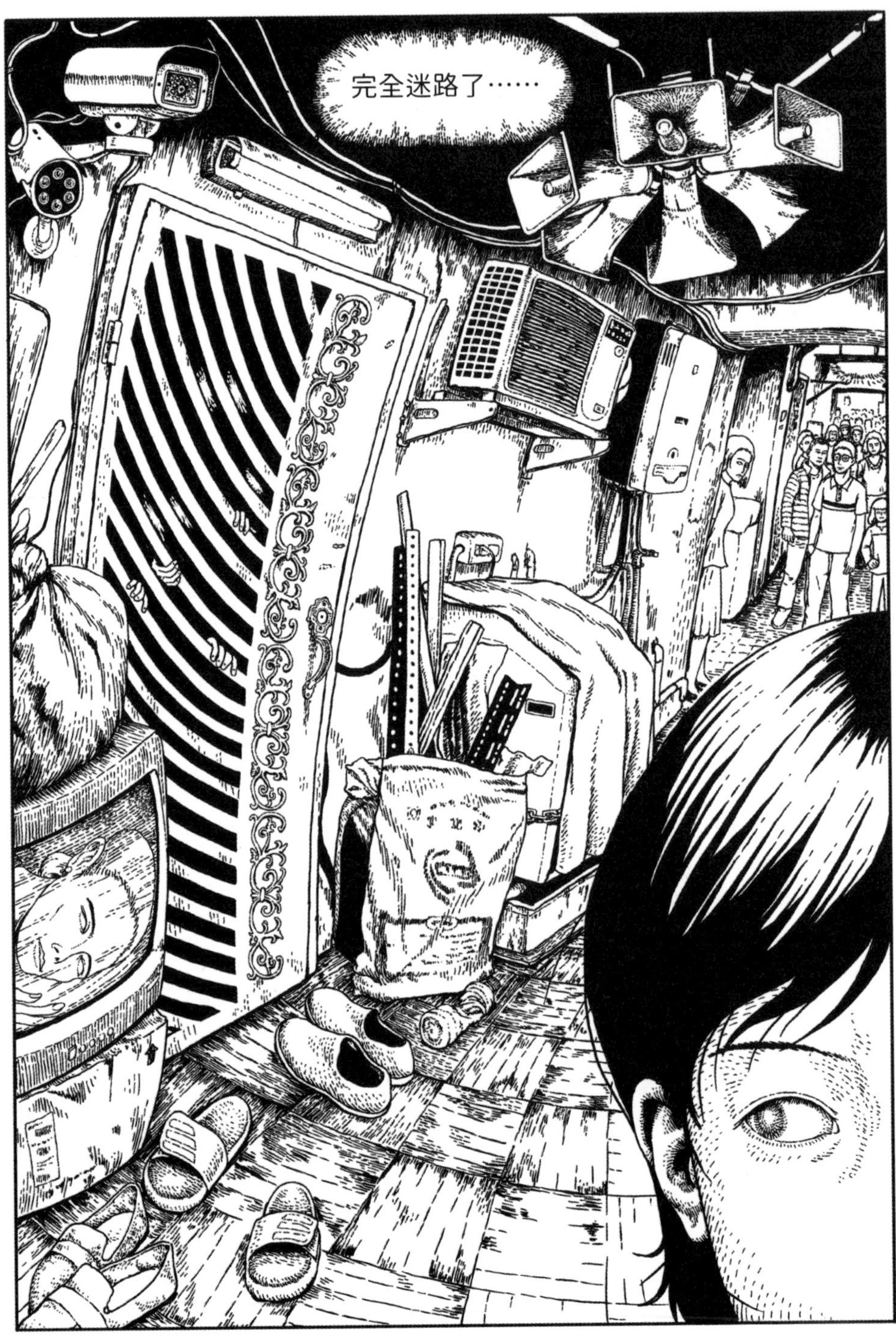
完全迷路了……

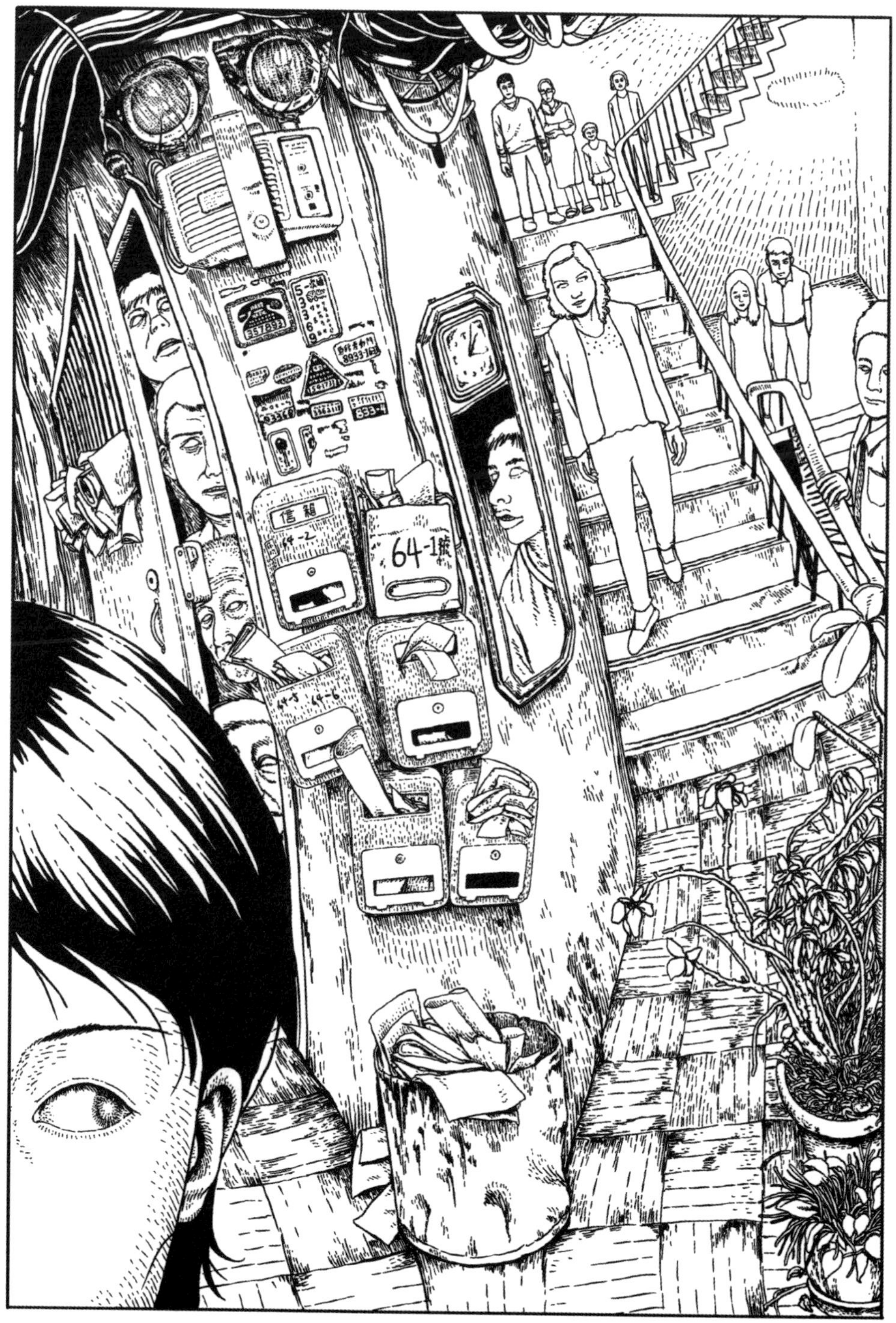
信箱
64-2
64-1號
64-5
64-6

又有人了。

不好意思！

請問你知道出口
在哪嗎？
啵！

喀啦！
喀啦！

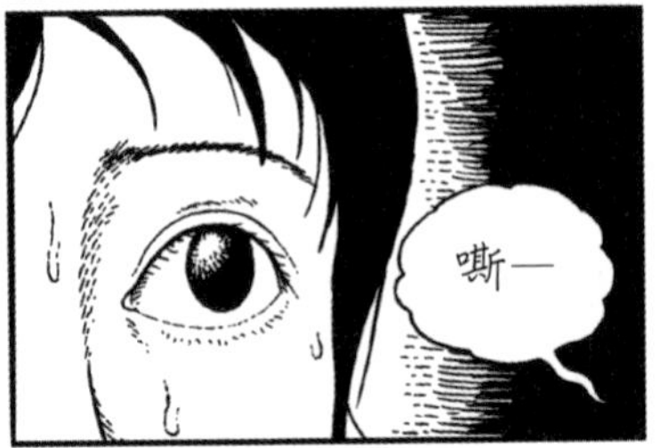
嘶——

想離開這裡？

對！可以請你
幫幫我……

不可能。

不……可能。

不可能！

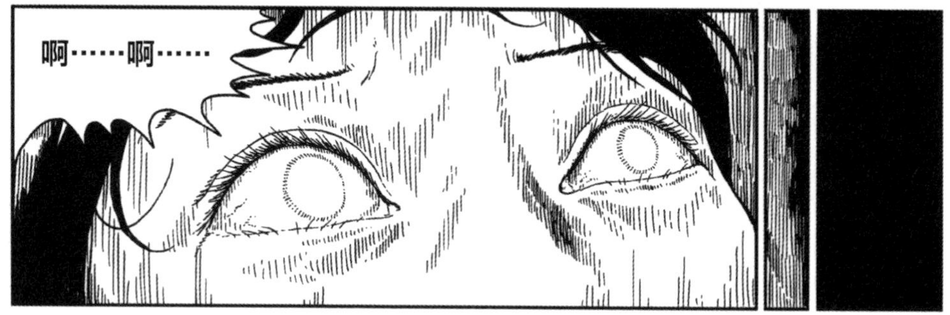

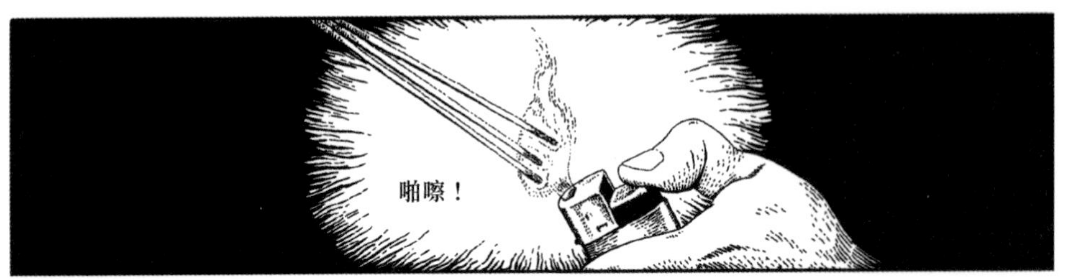

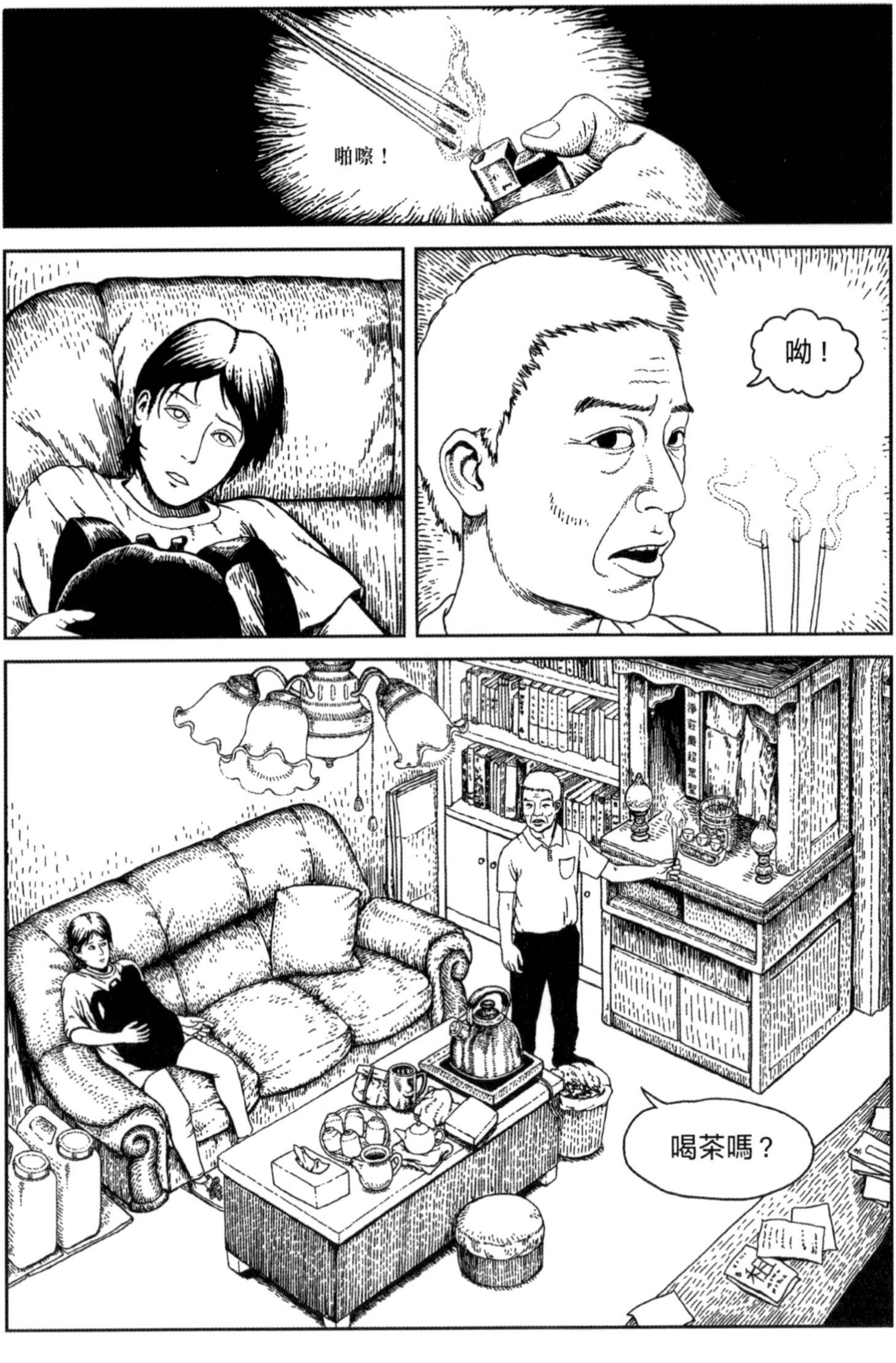

喝茶嗎？

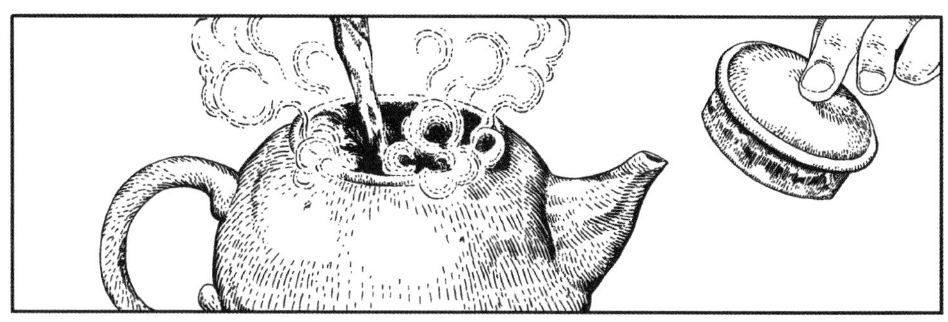

所以阿伯你的意思是說，不是鬧鬼，
而是這棟國宅本身就是怪物嗎？

住戶都搬走後就變這樣囉。
你做的夢，還有那些傳單。

啊這裡只剩我一個清潔工啊，
不然還能怎樣。
來，請喝茶。

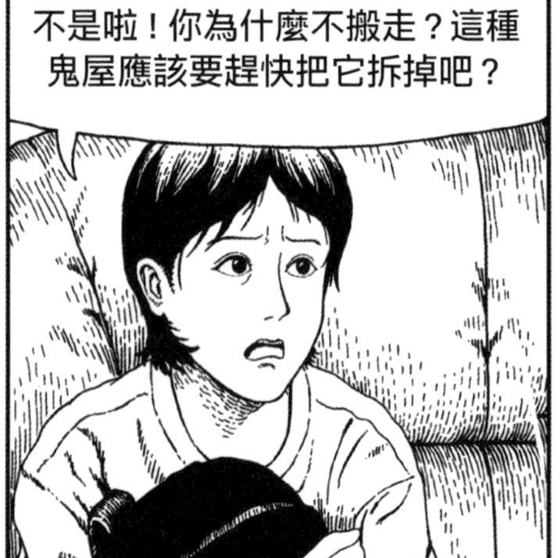
不是啦！你為什麼不搬走？這種
鬼屋應該要趕快把它拆掉吧？

你看後面。

後面什麼？

……有什麼嗎？

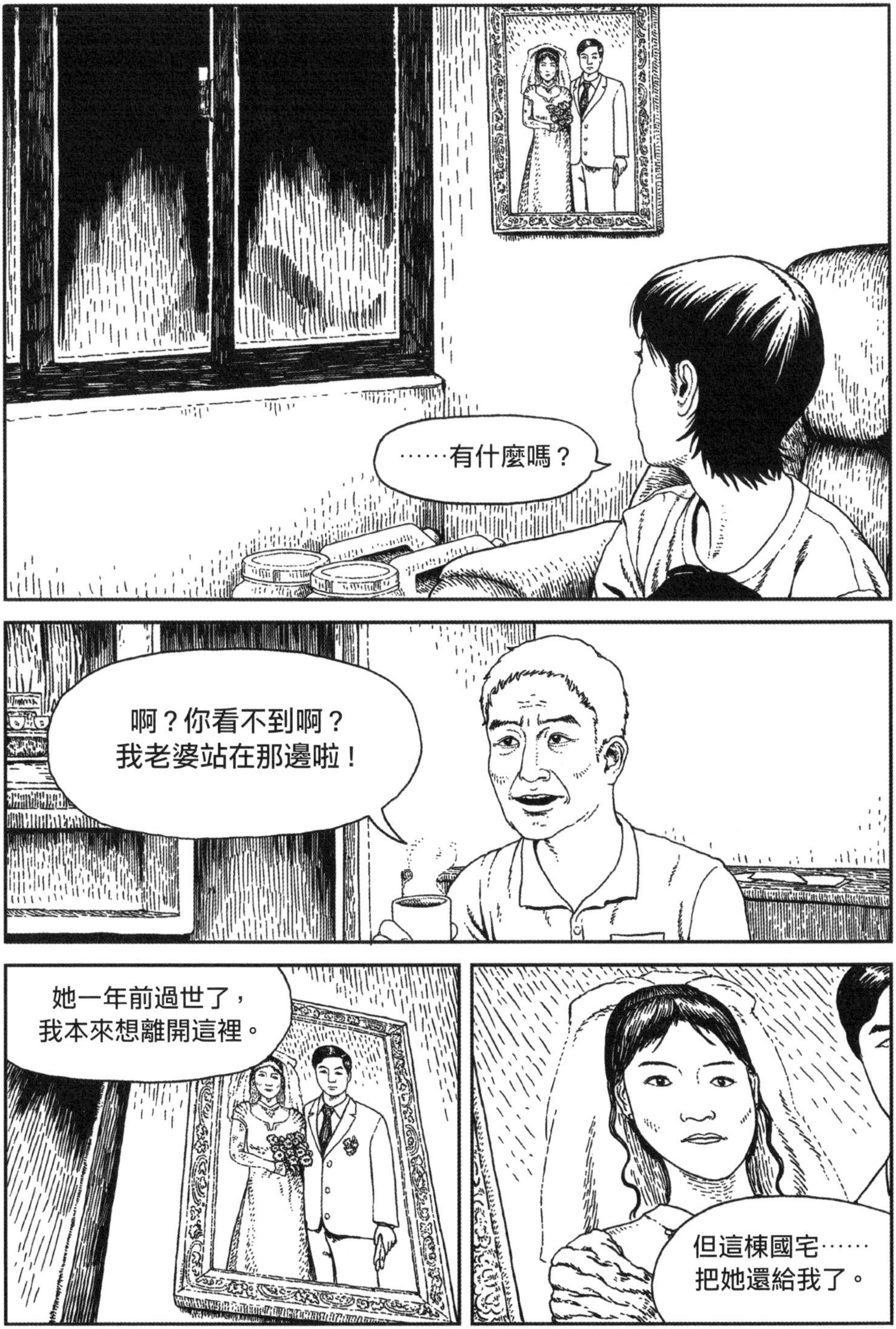

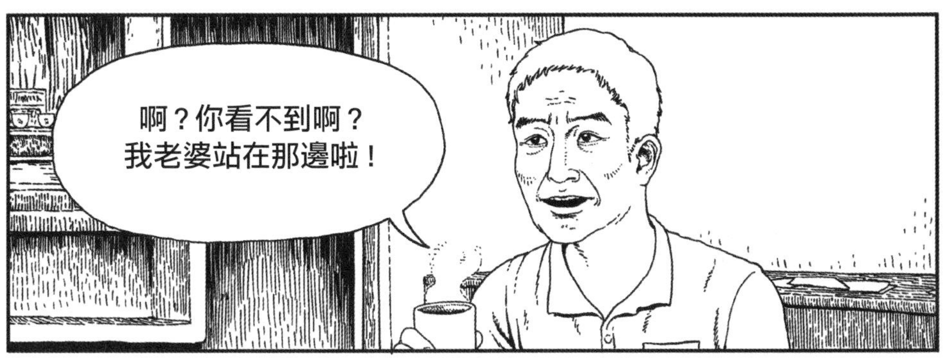

啊？你看不到啊？
我老婆站在那邊啦！

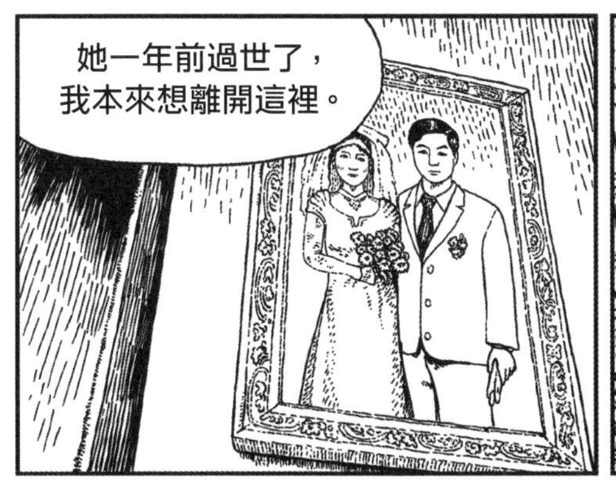

她一年前過世了，
我本來想離開這裡。

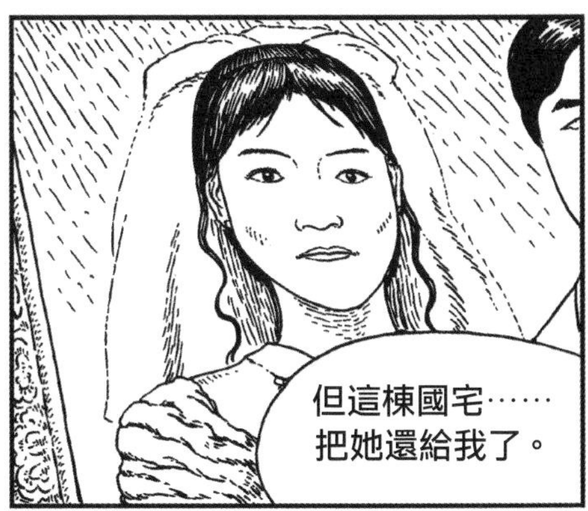

但這棟國宅……
把她還給我了。

如果我也搬走的話，
我就再也看不到我老婆了……
我想，或許是因為我是真的不想離開，
所以國宅從來沒有想要困住我吧。

所以除非我真心想留下來，
不然不會讓我走嗎？
開什麼玩笑啊……

叮鈴鈴～
媽媽
行動電話

……

提醒
拒絕

不接嗎？

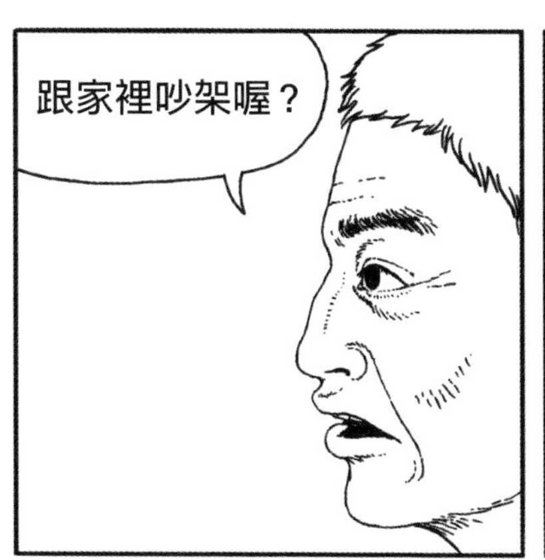
跟家裡吵架喔？

也不算啦，就我上台北念大學，
我媽可能太孤單吧。

她偷了我的大學志願卡
想填離家近的大學。

我發現後氣瘋了，
所以大學一放榜我
就跑來台北了。

不過，剛剛國宅的幻覺，
讓我想起了很多小時候
跟媽媽相處的回憶。

曾經每天都生活在一起，

卻突然要分開……

我想，我媽是害怕
失去我吧。

……阿伯，可以告訴我
怎麼離開這棟國宅嗎？

就像我剛說的，你只要
想逃，國宅就會用盡各
種幻覺來阻止你。

那……報警呢？
警察進不來，就算進來了，
國宅也會讓他們找不到我們。
喝茶吧，都快涼了。

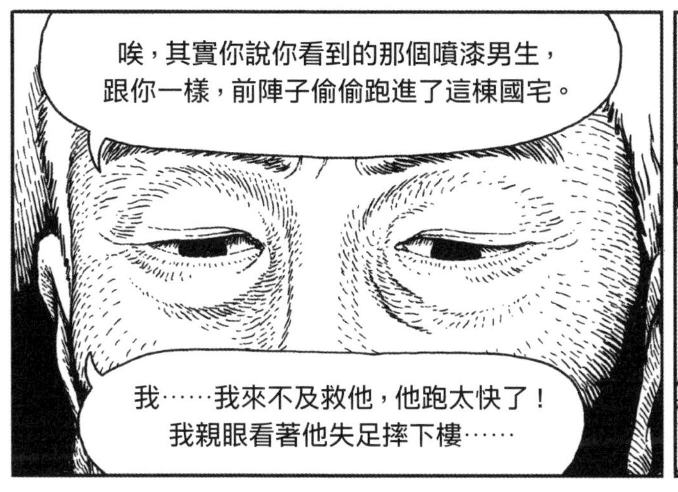
唉，其實你說你看到的那個噴漆男生，
跟你一樣，前陣子偷偷跑進了這棟國宅。
我……我來不及救他，他跑太快了！
我親眼看著他失足摔下樓……

……

啊！這個方法可能可以！

什麼方法？

跳樓。

那個噴漆的男生，
他用跳樓逃出去了。
……雖然摔死了。

但這裡才三樓而已，不用怕啦！
我等等會去一樓接你。

照我剛剛說的走，不會有事的。

你就踩著這條慢慢過去，走兩個鐵窗的距離，走的時候記得抓緊鐵窗。

就像我剛剛說的。

記住！那些都只是幻覺，
抓牢鐵窗，保持清醒！

我救不了那個男生，
希望我能救到你。

阿伯！我相信那不是你的錯，
是這棟國宅的錯！

我一直忘了謝謝你救了我！
謝謝你！

好啦！小心點爬。

呼！

爲什麼？

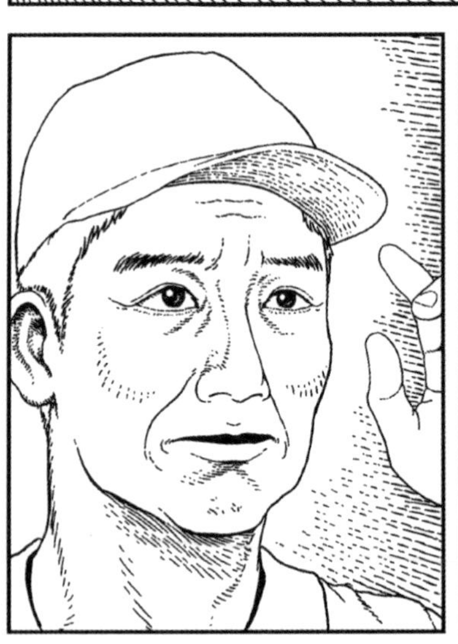

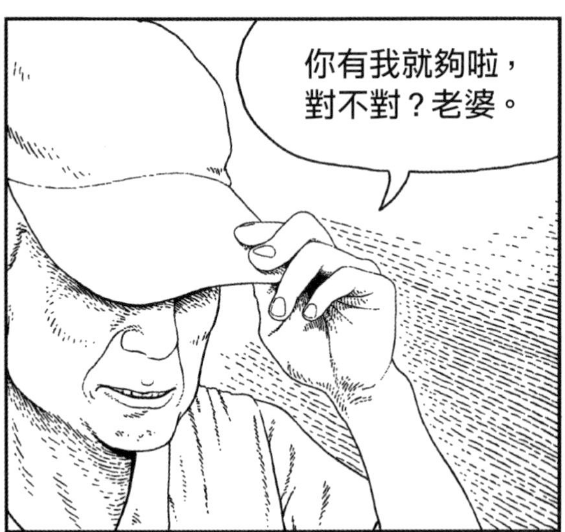

過來。

如果他們不是真心想留下來，那又有什麼意義呢？

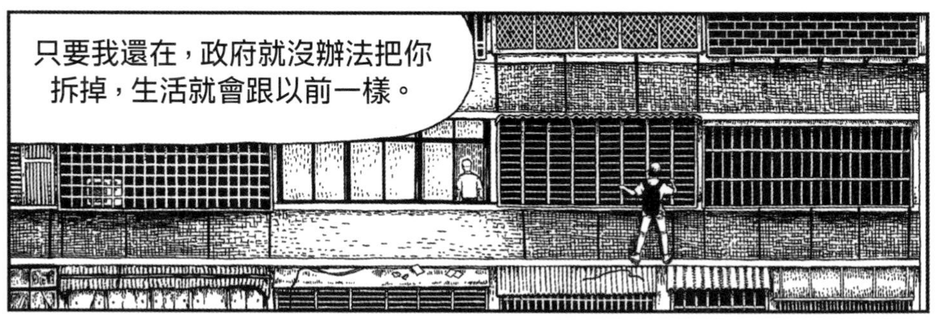
只要我還在，政府就沒辦法把你拆掉，生活就會跟以前一樣。

這樣不就夠了嗎？放手吧！

不可能。

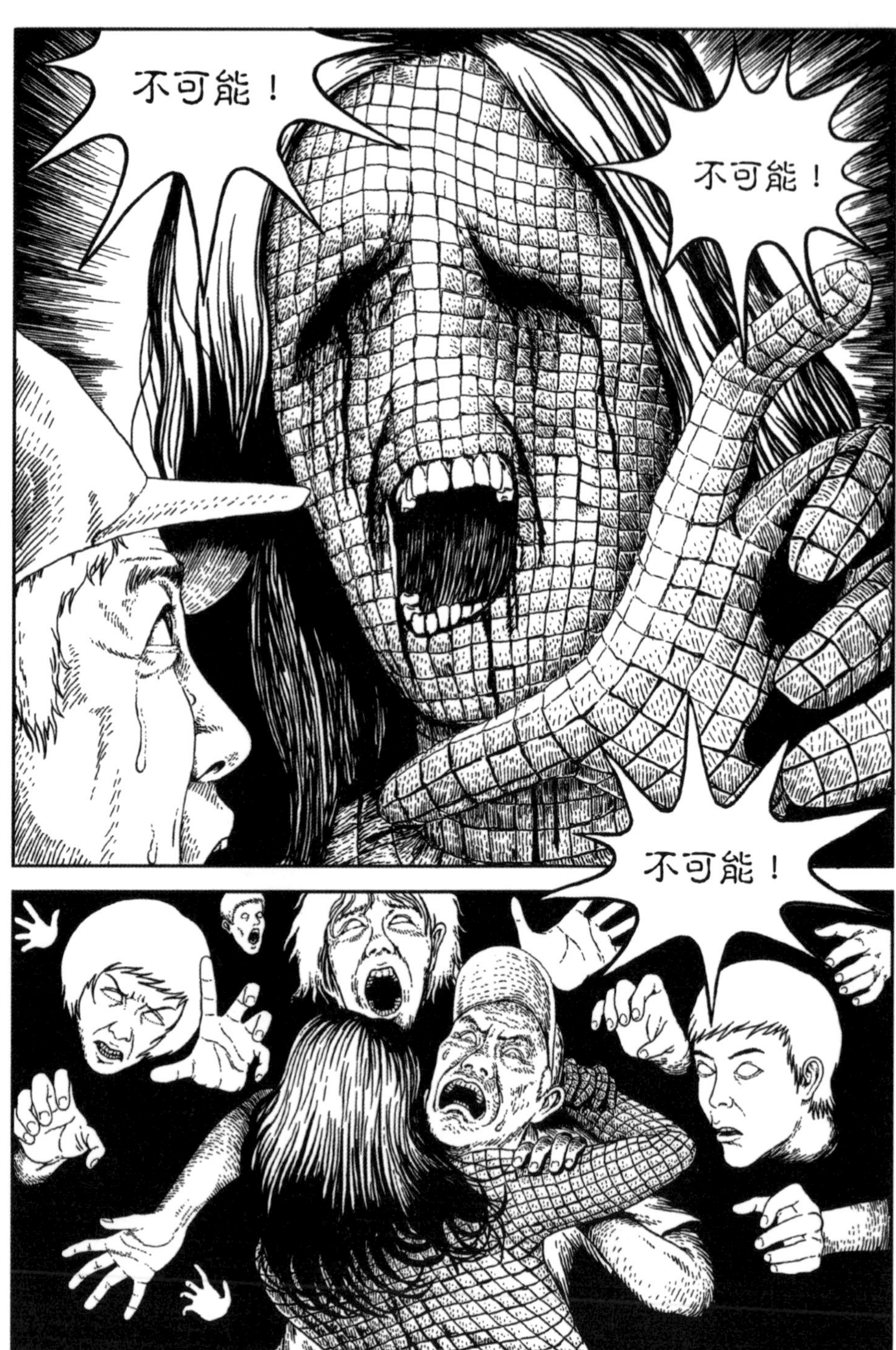
不可能！
不可能！
不可能！

快到招牌了…

嗚！

留下來。

只是幻覺而已！
醒來！醒來！

留……下來。

阿伯！

留……下來。

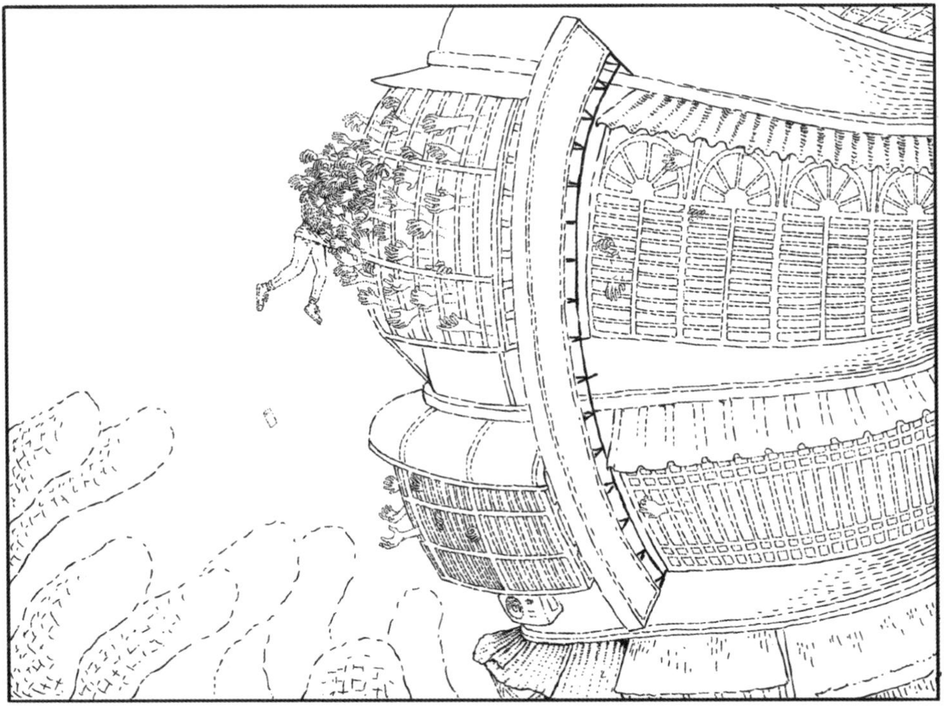

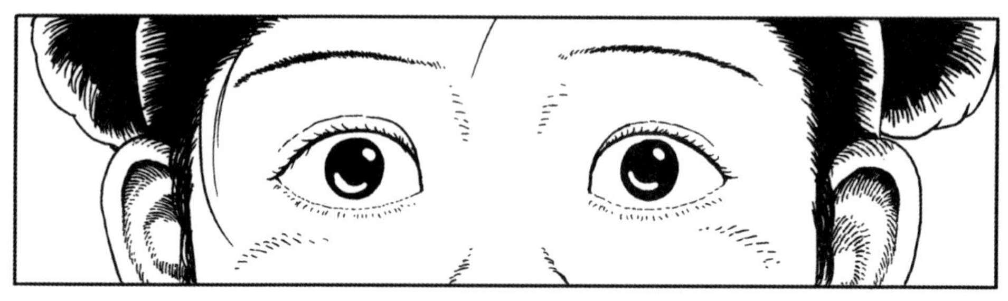

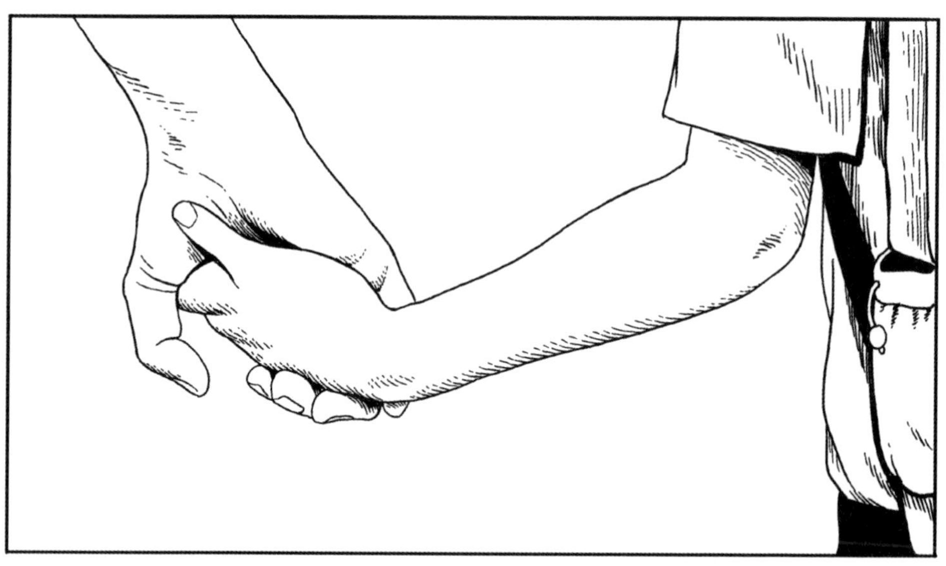

要一直陪著我喔。

叮鈴鈴～

叮鈴鈴~

叮鈴鈴~

媽媽，我跟你說喔，
今天老師……

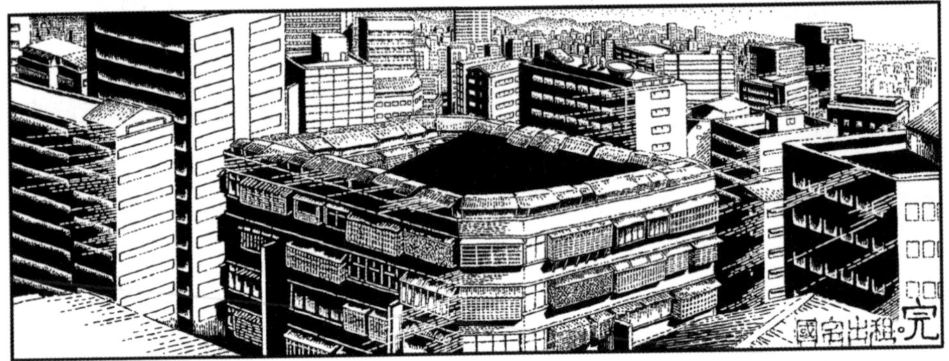
國宅出租・完

喬遷之喜

蚊男

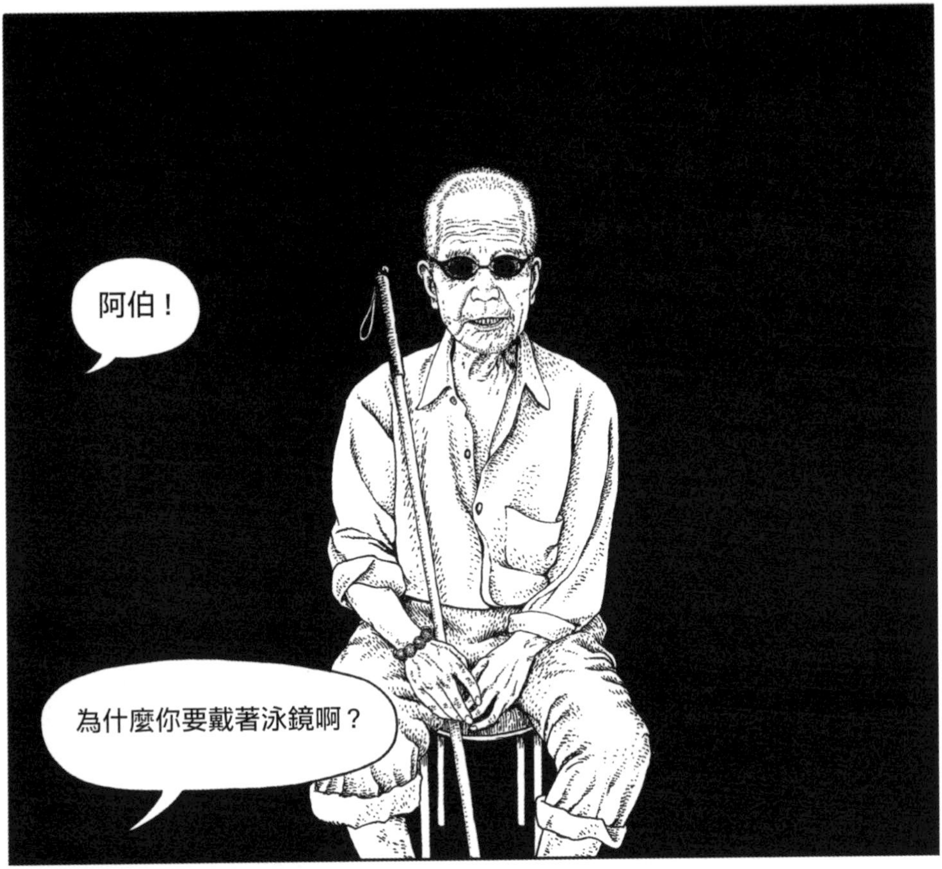

阿伯！

為什麼你要戴著泳鏡啊？

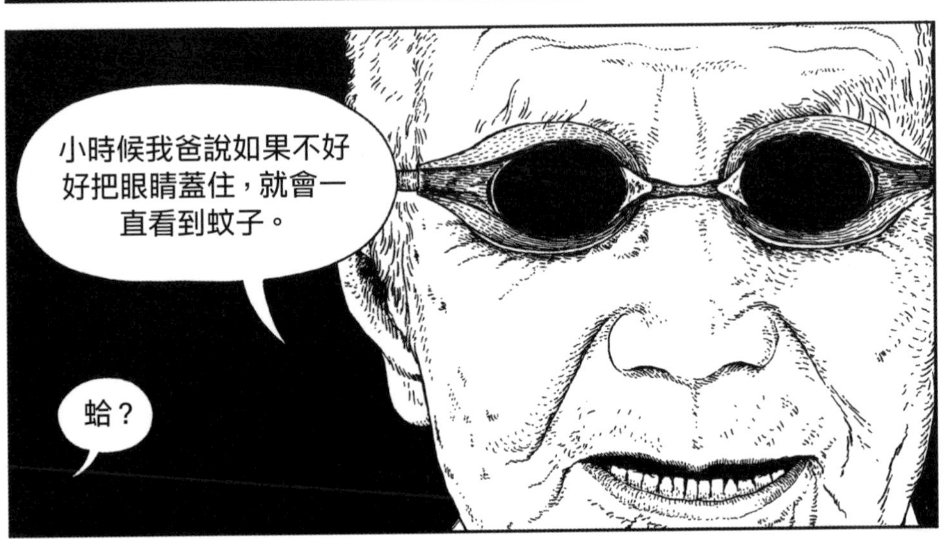

小時候我爸說如果不好好把眼睛蓋住，就會一直看到蚊子。
蛤？

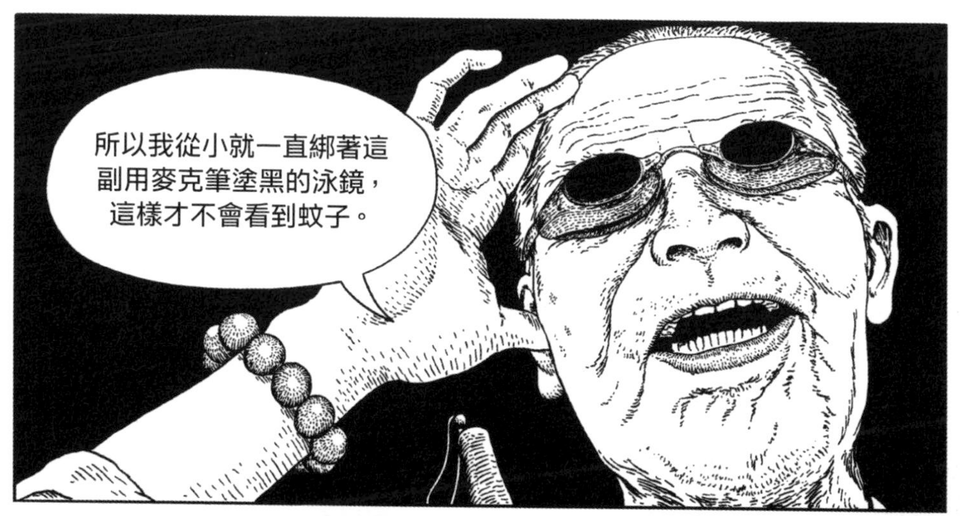
所以我從小就一直綁著這
副用麥克筆塗黑的泳鏡，
這樣才不會看到蚊子。

阿伯啊，
那應該是飛蚊症啦。

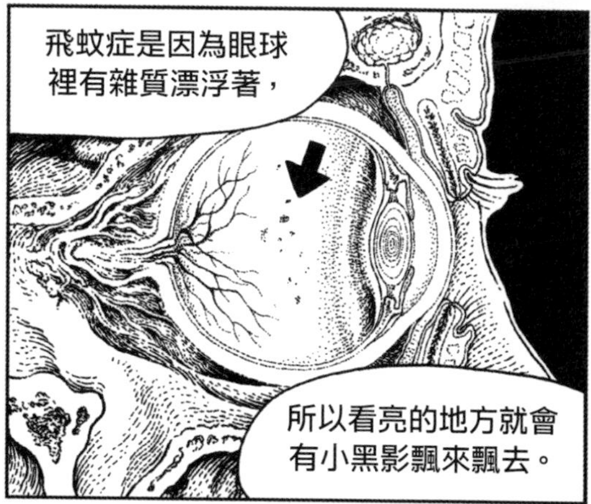
飛蚊症是因為眼球
裡有雜質漂浮著，
所以看亮的地方就會
有小黑影飄來飄去。

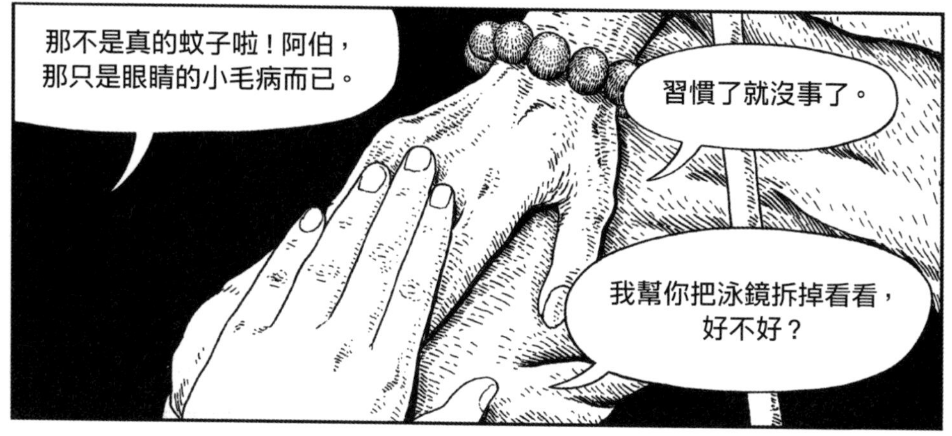
那不是真的蚊子啦！阿伯，
那只是眼睛的小毛病而已。
習慣了就沒事了。
我幫你把泳鏡拆掉看看，
好不好？

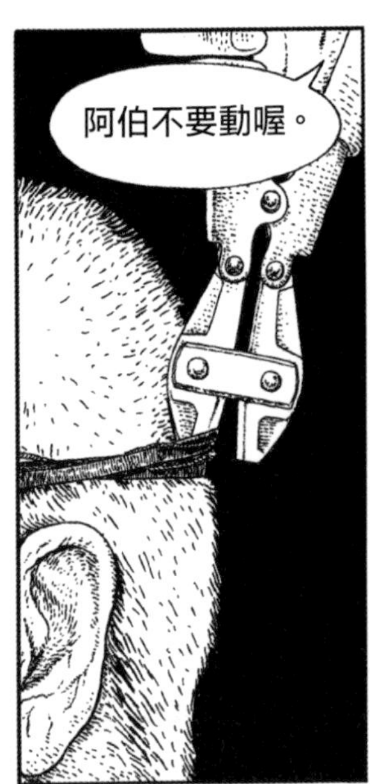

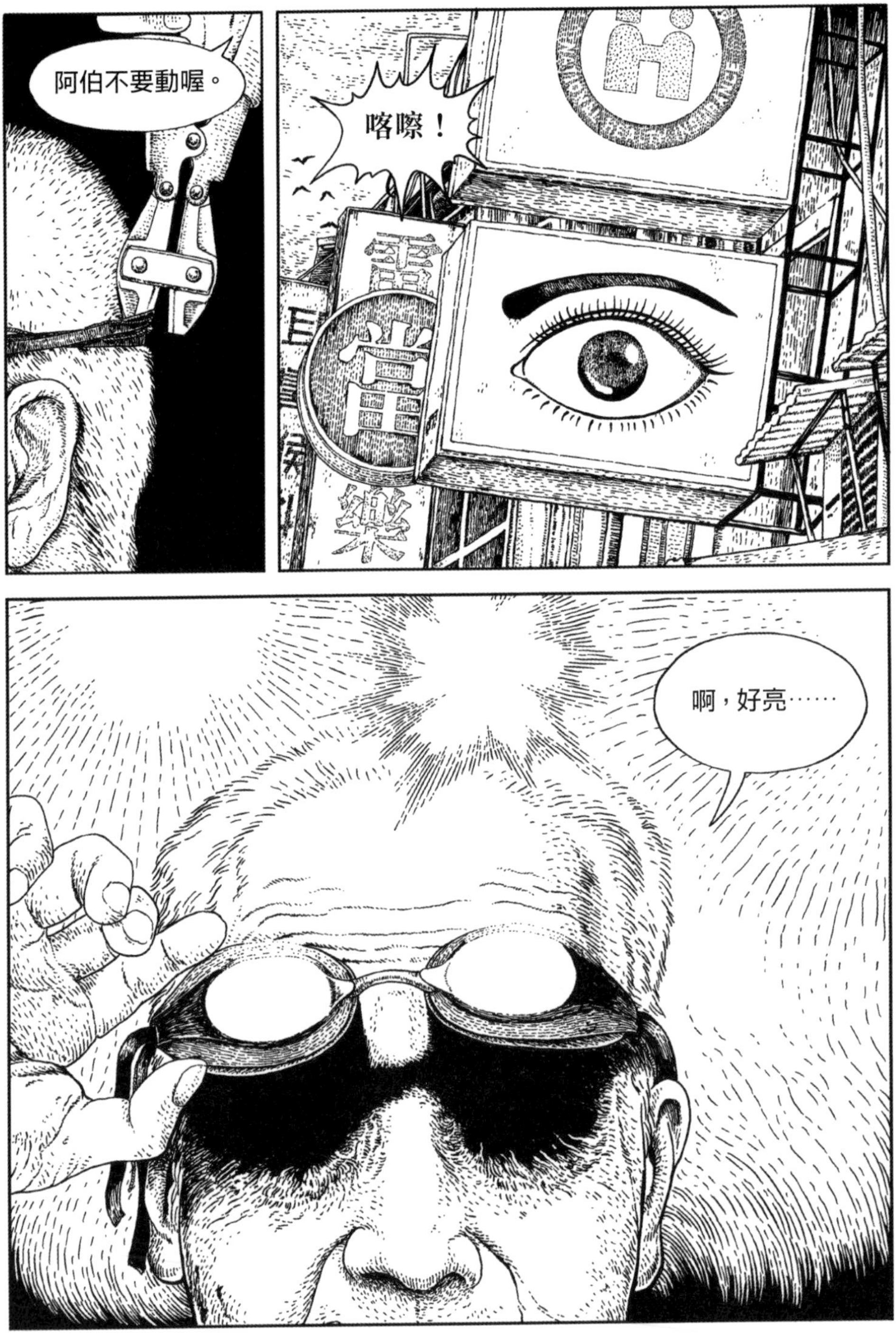

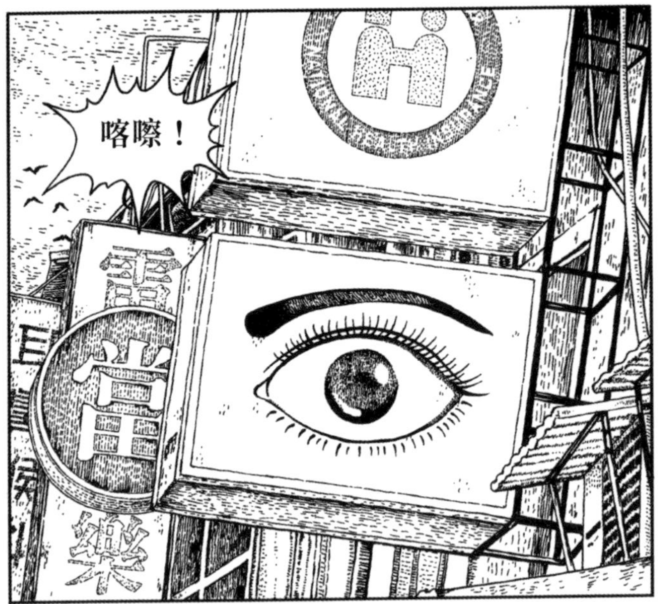


啊，好亮……

阿伯，
你的眼睛……

叩！

什麼東西？

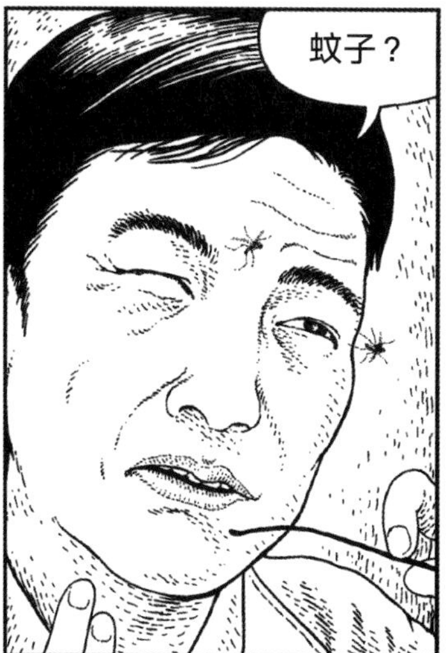
蚊子？

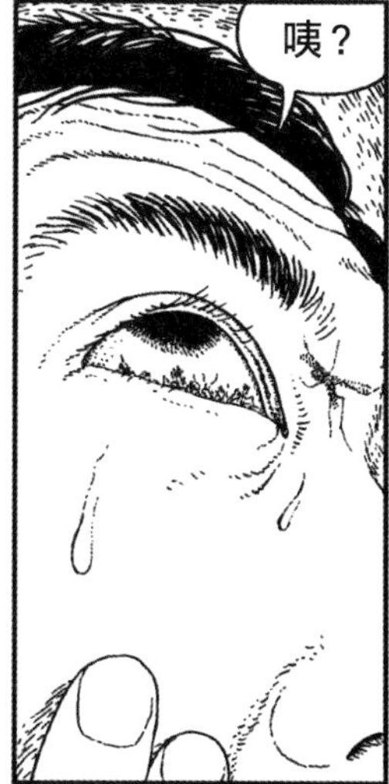
咦？

咦？

咦？

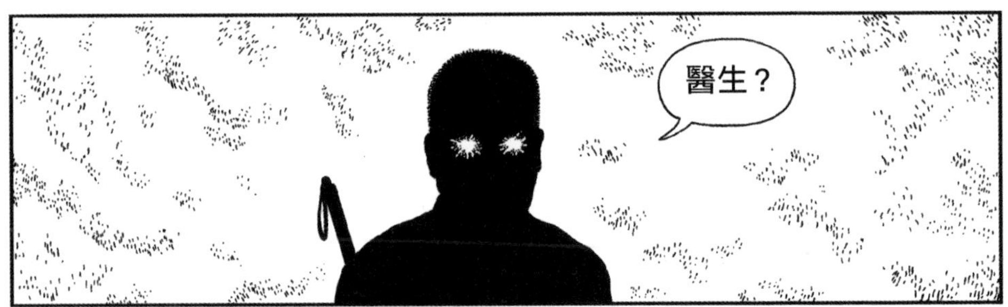

嗚啊啊啊啊啊！
醫生！你怎麼了！

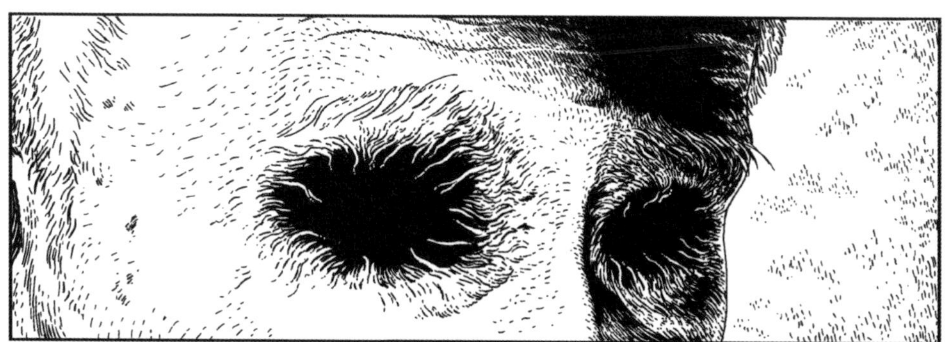

什麼東西？

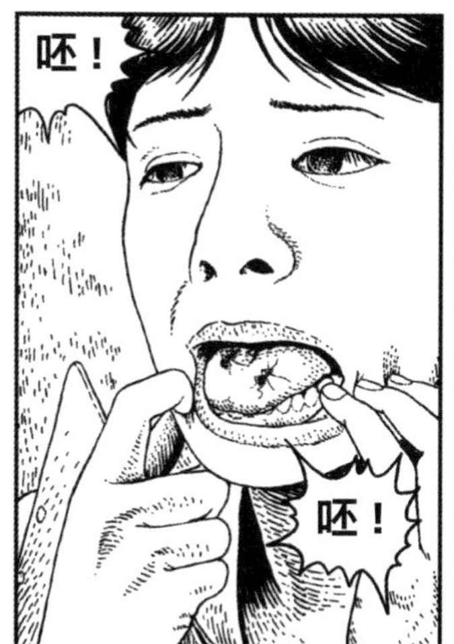
呸！
呸！

咳！
咳！

啊！
啊！
我看到了……
咳！
咳！

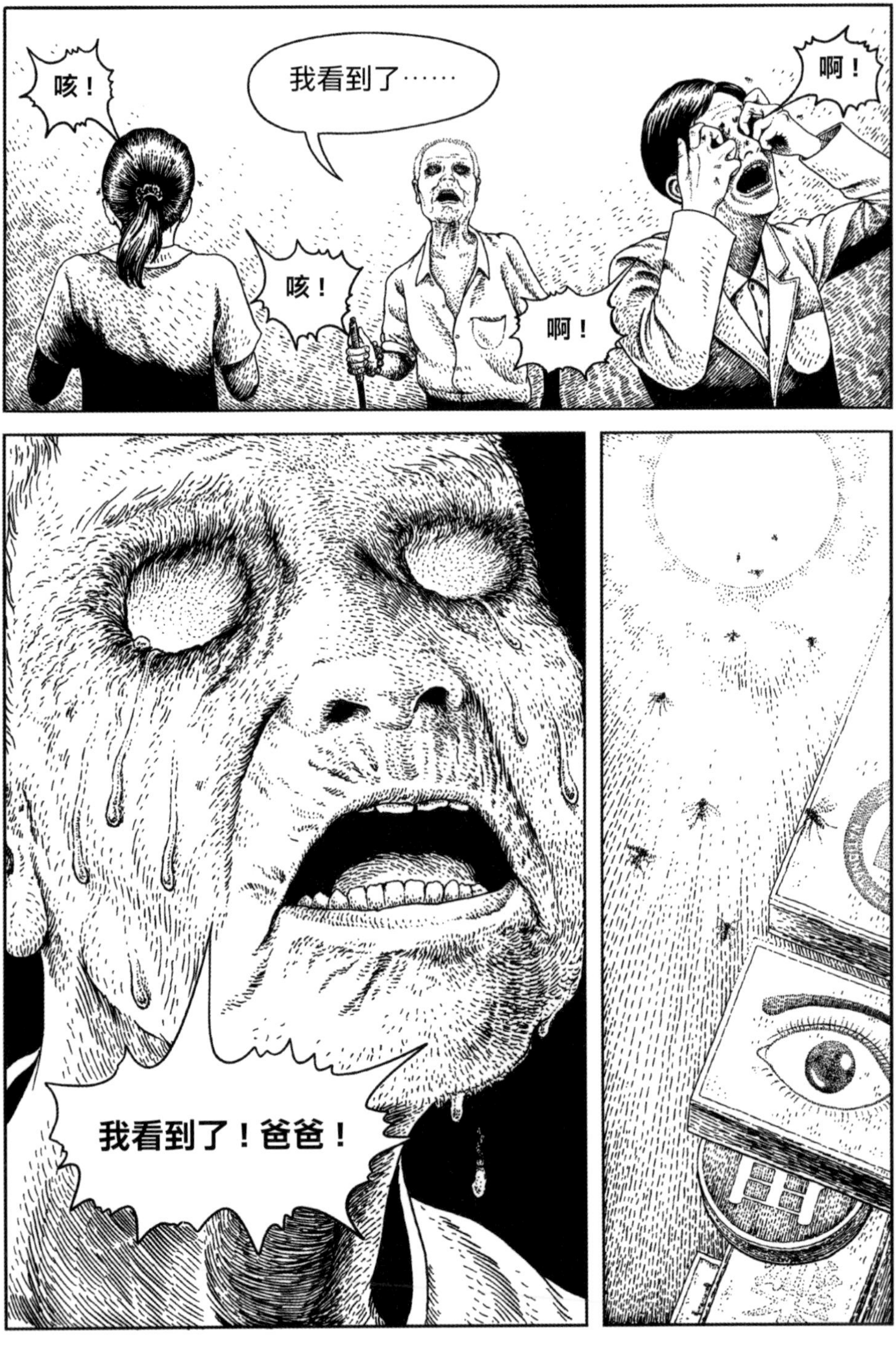

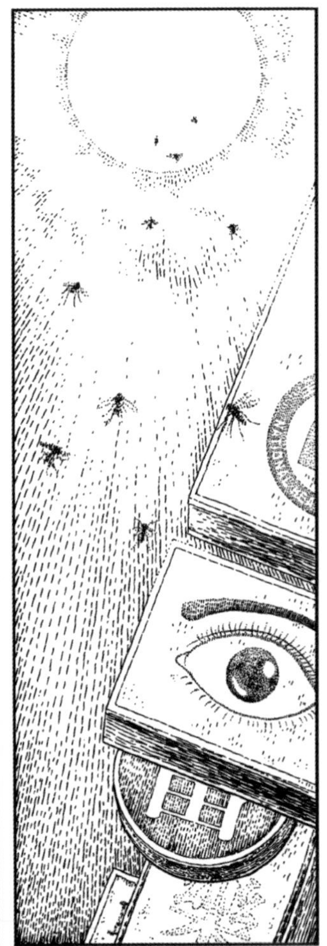

我看到了！爸爸！

巨大的積木！

無邊無際的浴缸！

無窮無盡的盆栽！

高聳入雲的土堆！

數不盡的彩色大彈珠！

太棒了……

蚊男・完

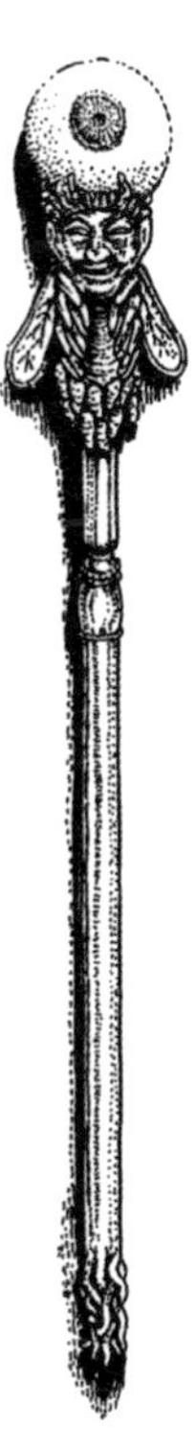

鹽水湖王

水神一開始出現時並沒有引起太多關注。
大概又是什麼輻射外洩吧！
水源污染造成的突變畸形之類的。

這些畸形在社群網站上風靡一時，
甚至一度成了惡趣味的商機。

當更多的畸形屍體被發現時，
人們已開始見怪不怪。

大乾旱就是從這個時候開始的。

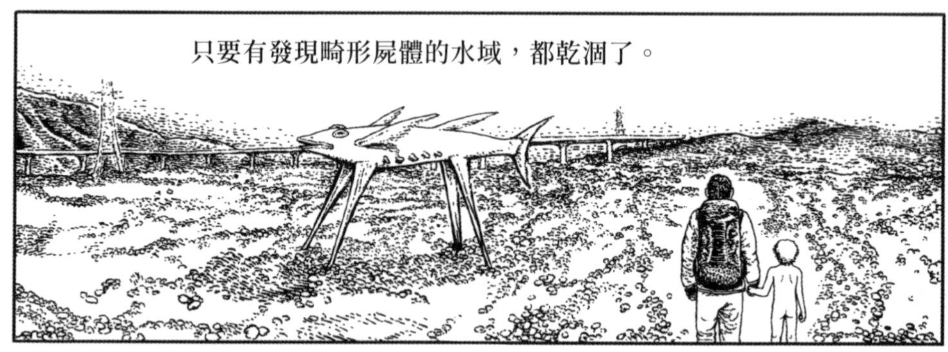

只要有發現畸形屍體的水域，都乾涸了。

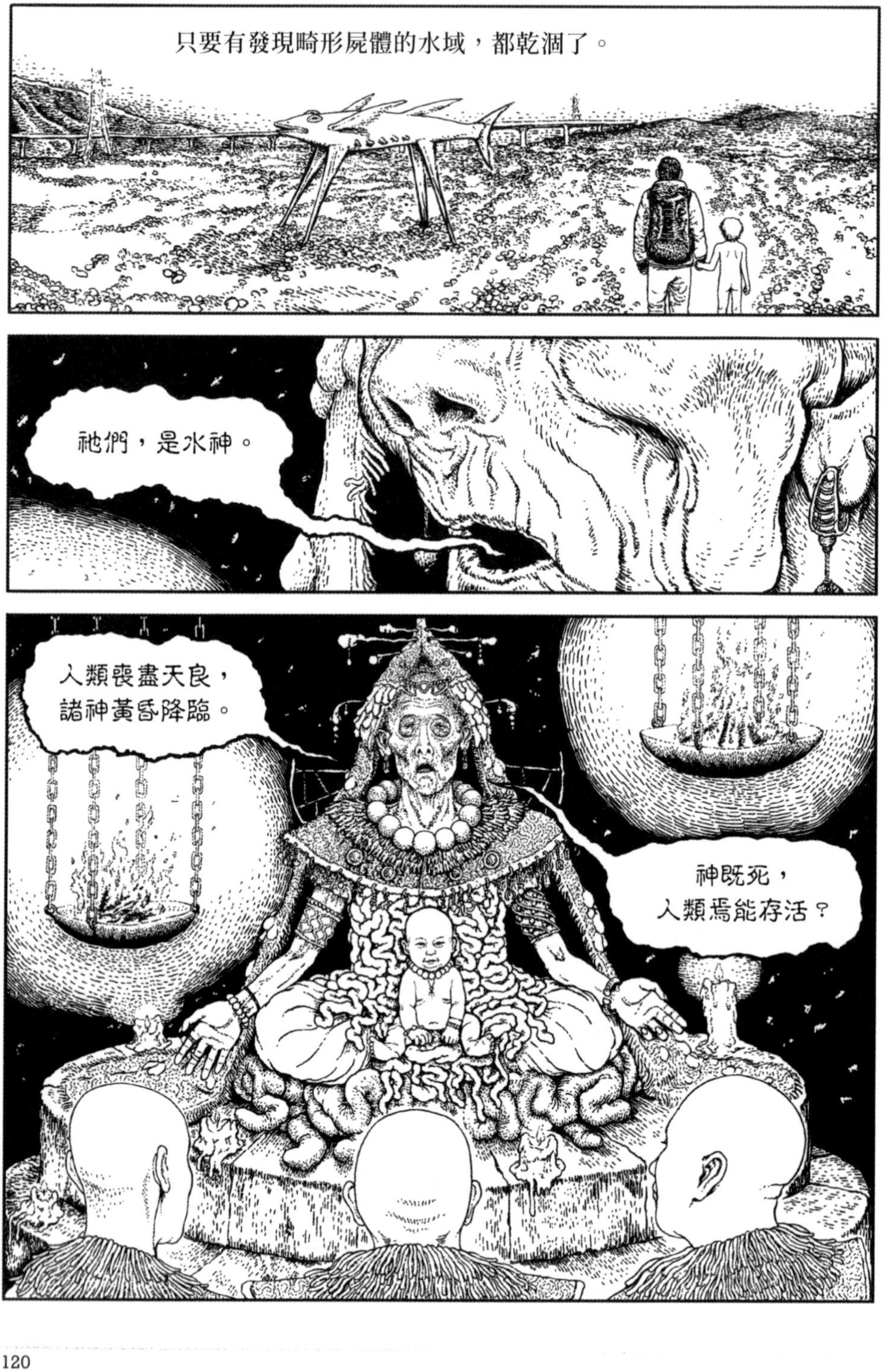

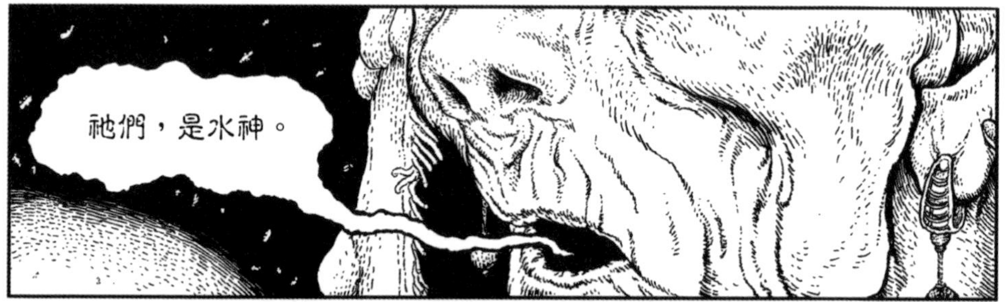

祂們，是水神。

入類喪盡天良，
諸神黃昏降臨。

神既死，
人類焉能存活？

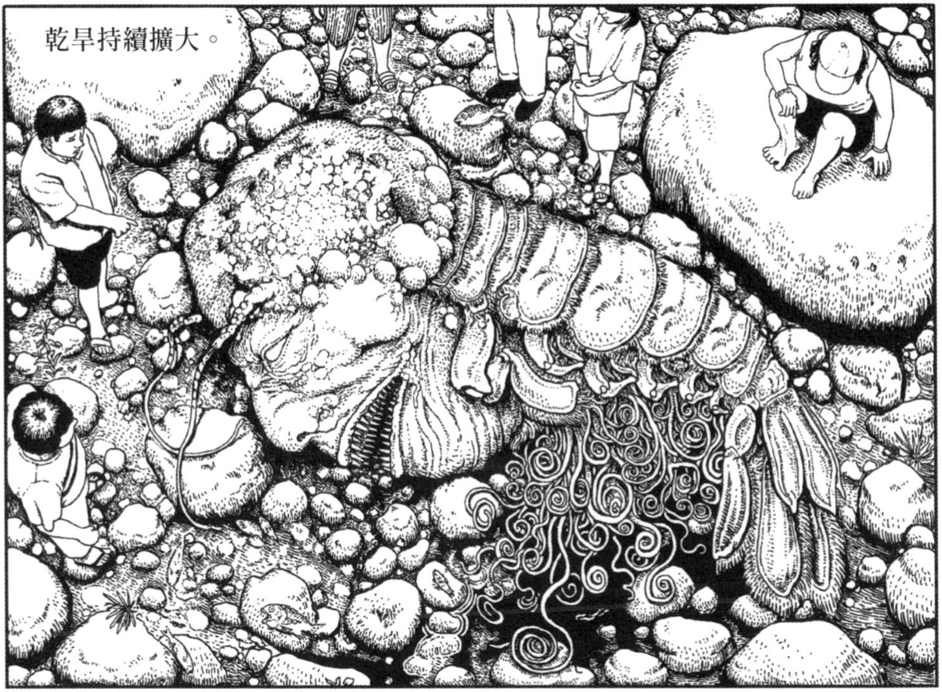

乾旱持續擴大。

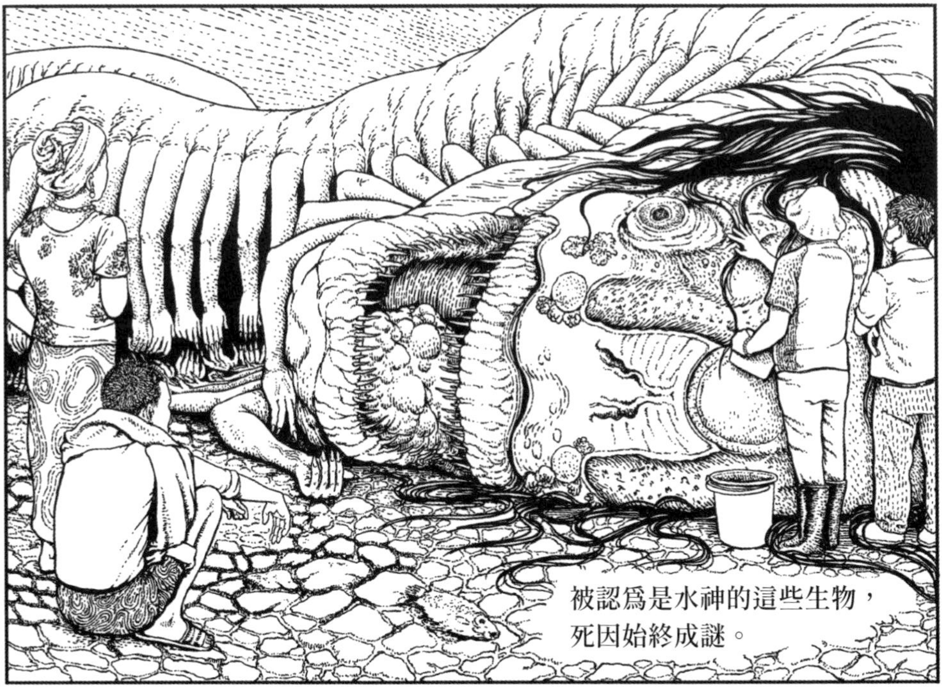

被認爲是水神的這些生物，
死因始終成謎。

今天就在這裡休息吧。

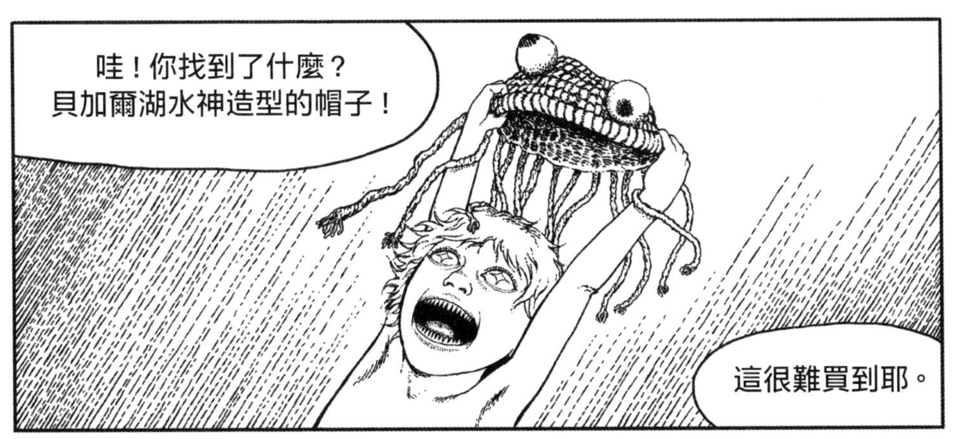
哇！你找到了什麼？
貝加爾湖水神造型的帽子！
這很難買到耶。

小心頭頂
鏗！
哈哈哈！

更多大型的水神屍體被發現，
世界上的主要河流開始枯竭。

未經許可，禁止靠近水庫。
勸離不聽者，格殺勿論。

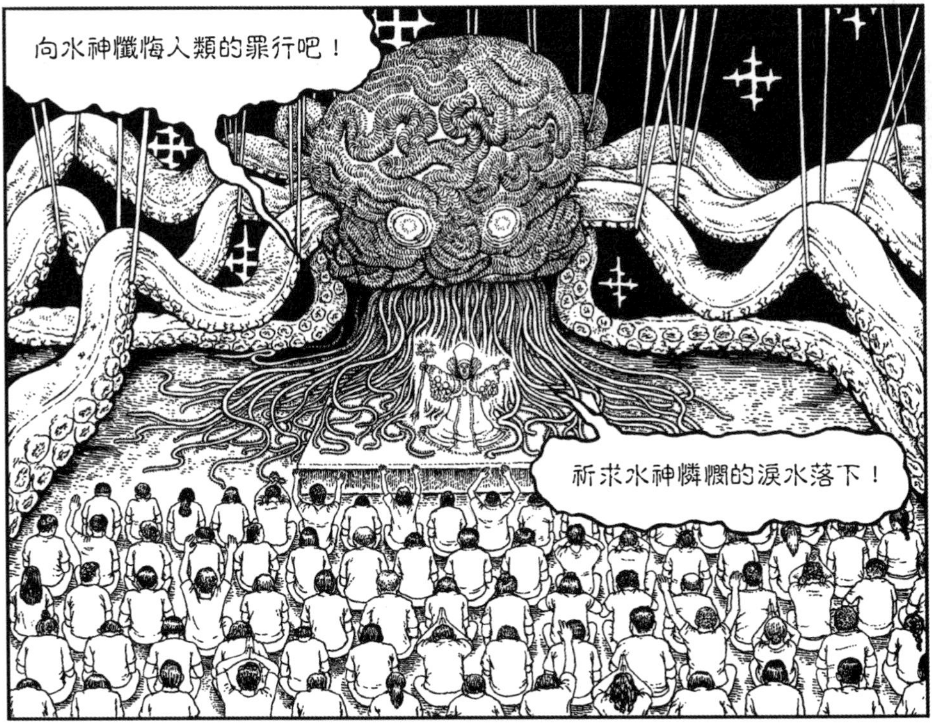

向水神懺悔人類的罪行吧！

祈求水神憐憫的淚水落下！

最後，就連海洋也變成了乾涸的死亡大地。

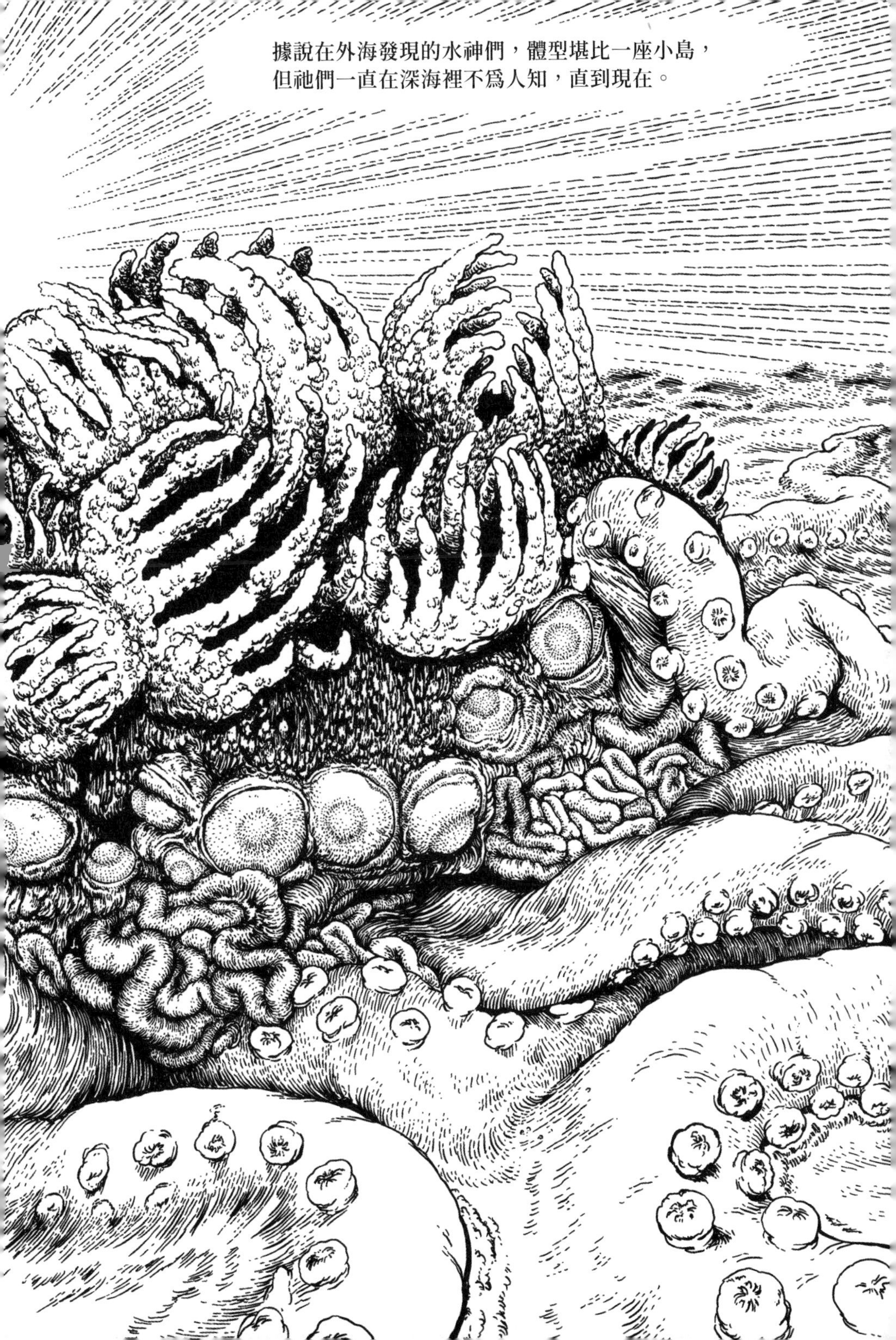
據說在外海發現的水神們，體型堪比一座小島，
但祂們一直在深海裡不爲人知，直到現在。

我跟家人以前常來這邊潛水。

等等經過珊瑚礁時小心別受傷了。

我們還有很長的路得走。

全世界再無降雨，生物幾近滅絕。

當資源耗盡，人類只剩下一個選項。

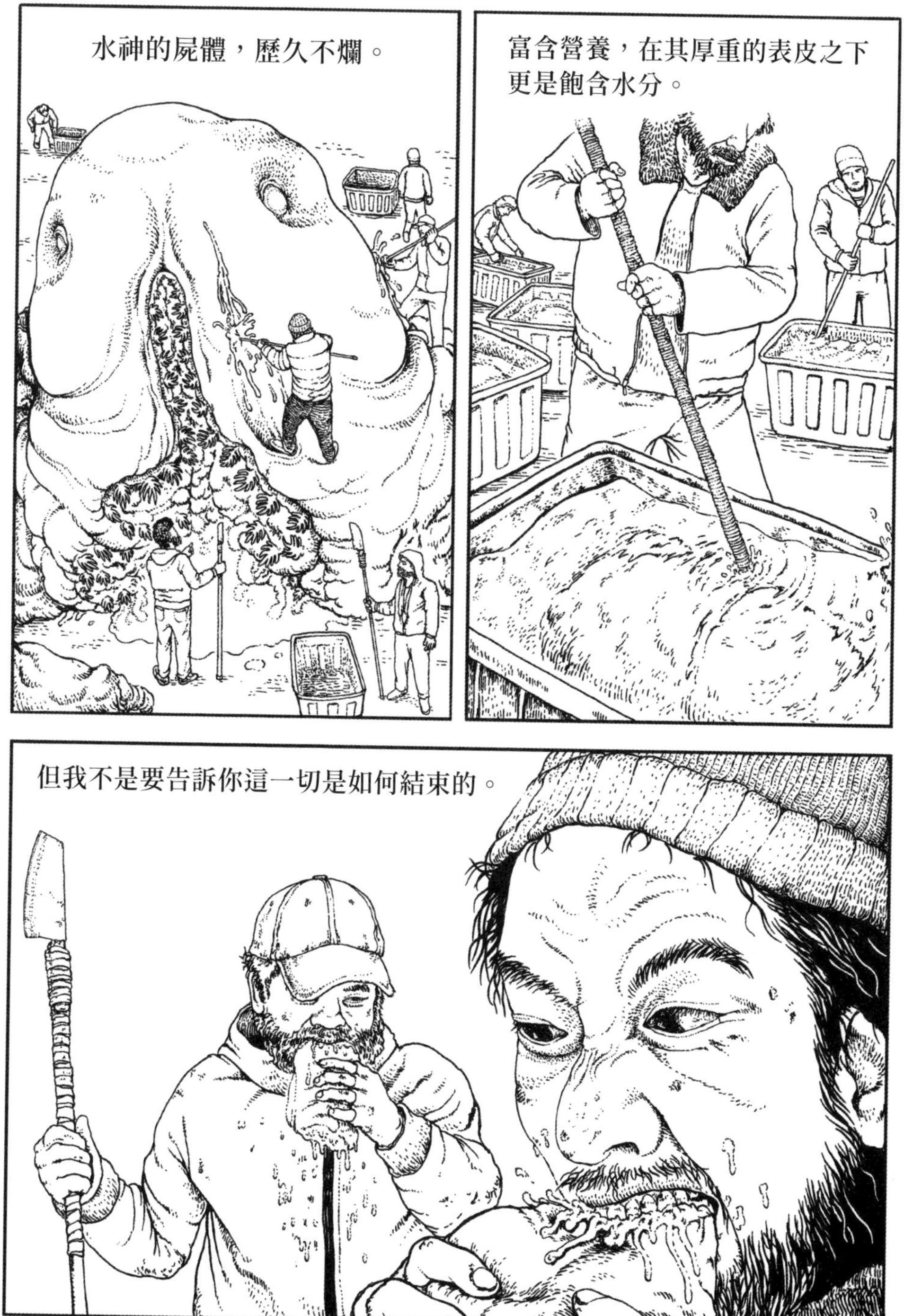

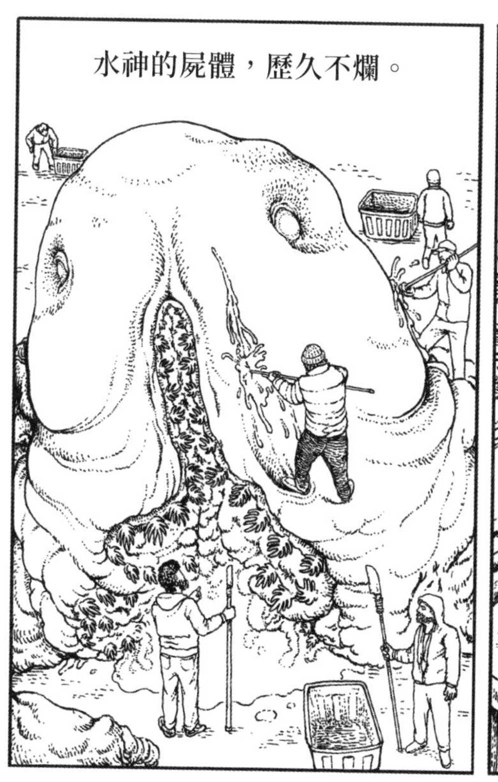
水神的屍體，歷久不爛。

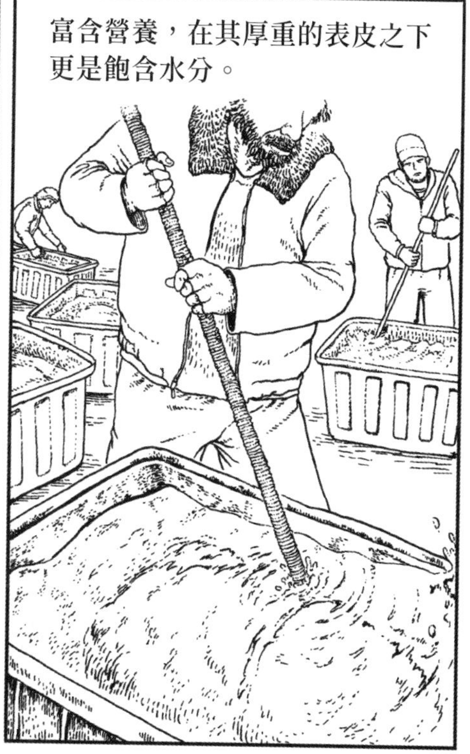
富含營養，在其厚重的表皮之下
更是飽含水分。

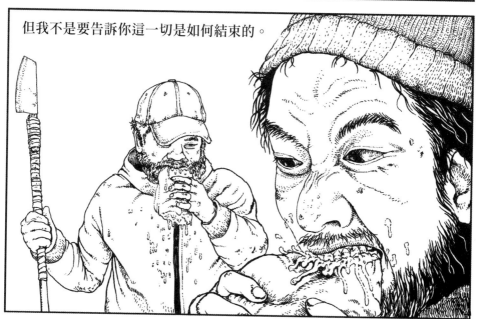

但我不是要告訴你這一切是如何結束的。

重要的，是如何重新開始。

就是這裡了。

你看！這是綠藻！
是活的海藻！

我們從這邊下去吧。

我揹你，好嗎？

濕氣越來越重了。

唔！

啪！

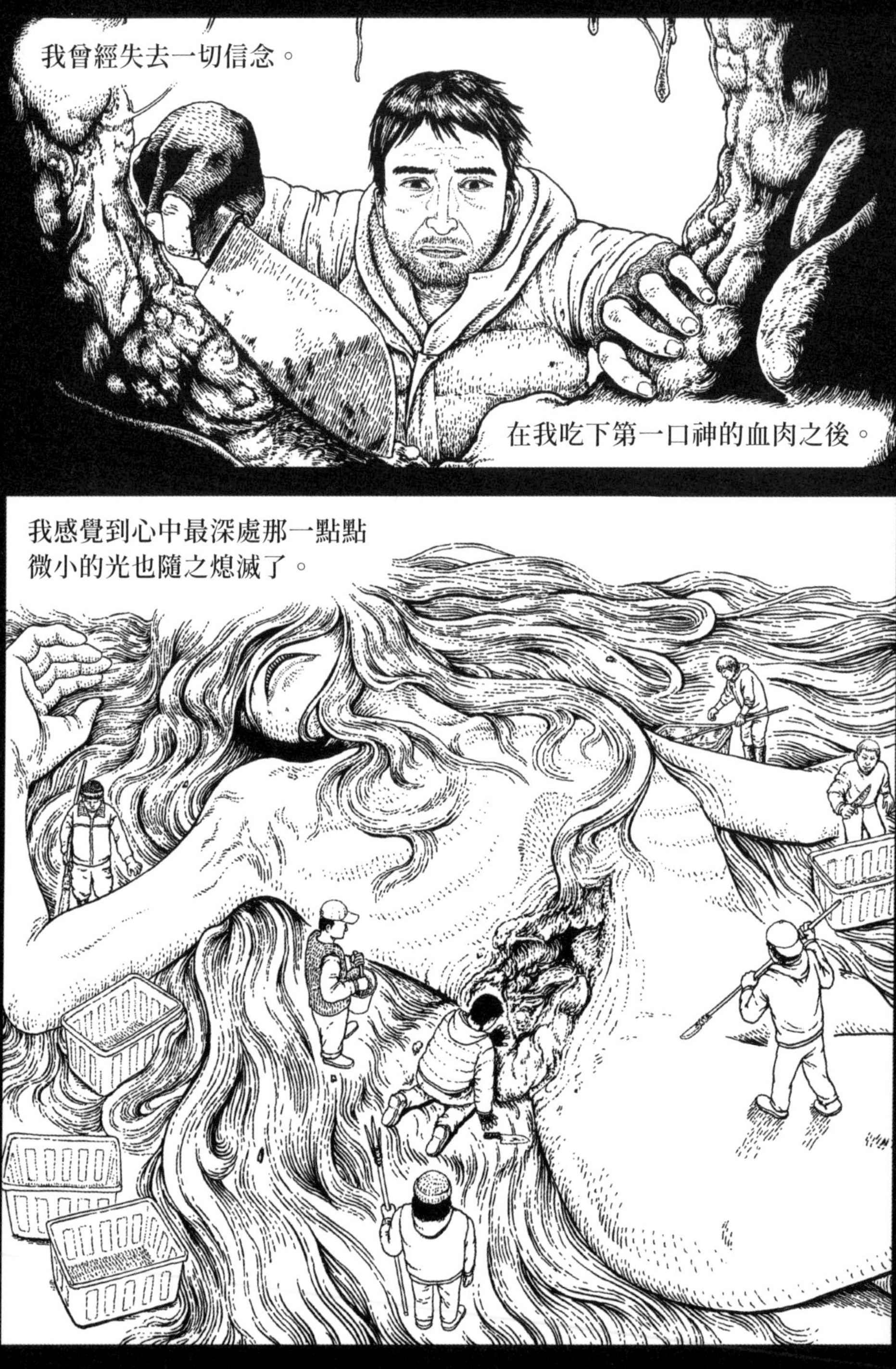
我曾經失去一切信念。
在我吃下第一口神的血肉之後。
我感覺到心中最深處那一點點
微小的光也隨之熄滅了。

一見到你我就知道了，接下來我
生命的每分每秒都是你賜與的。

而我的使命只有一個：
背負你，並讓你的時代到來。

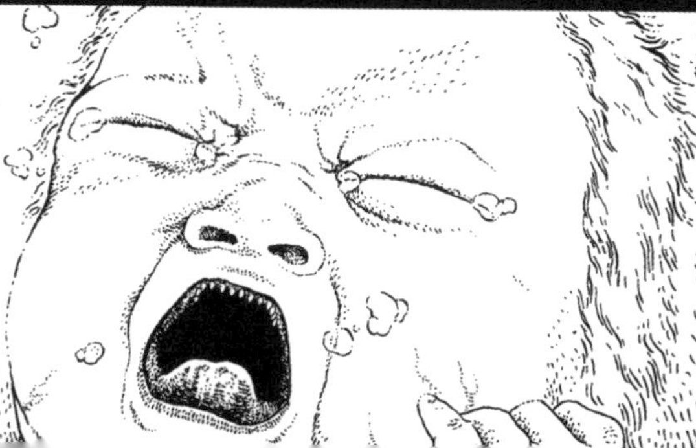

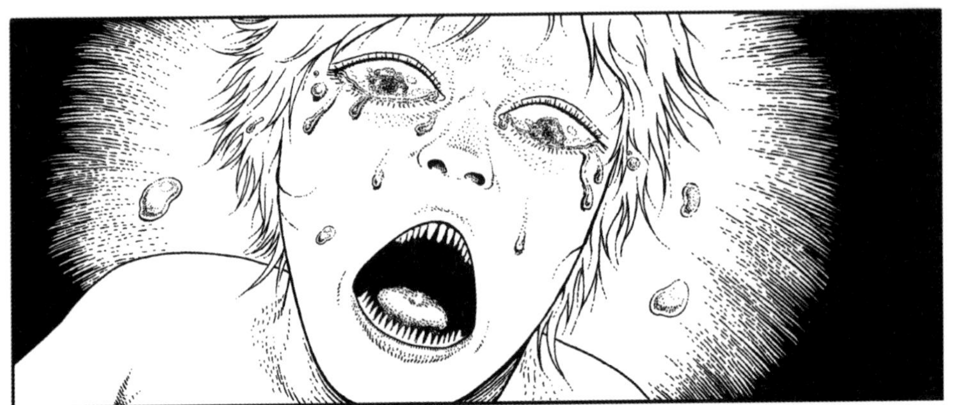

嘩啦！

不用擔心，這裡就是終點了。

在最深的海溝之下，

這座地下鹽水湖是世界上最後的海洋。

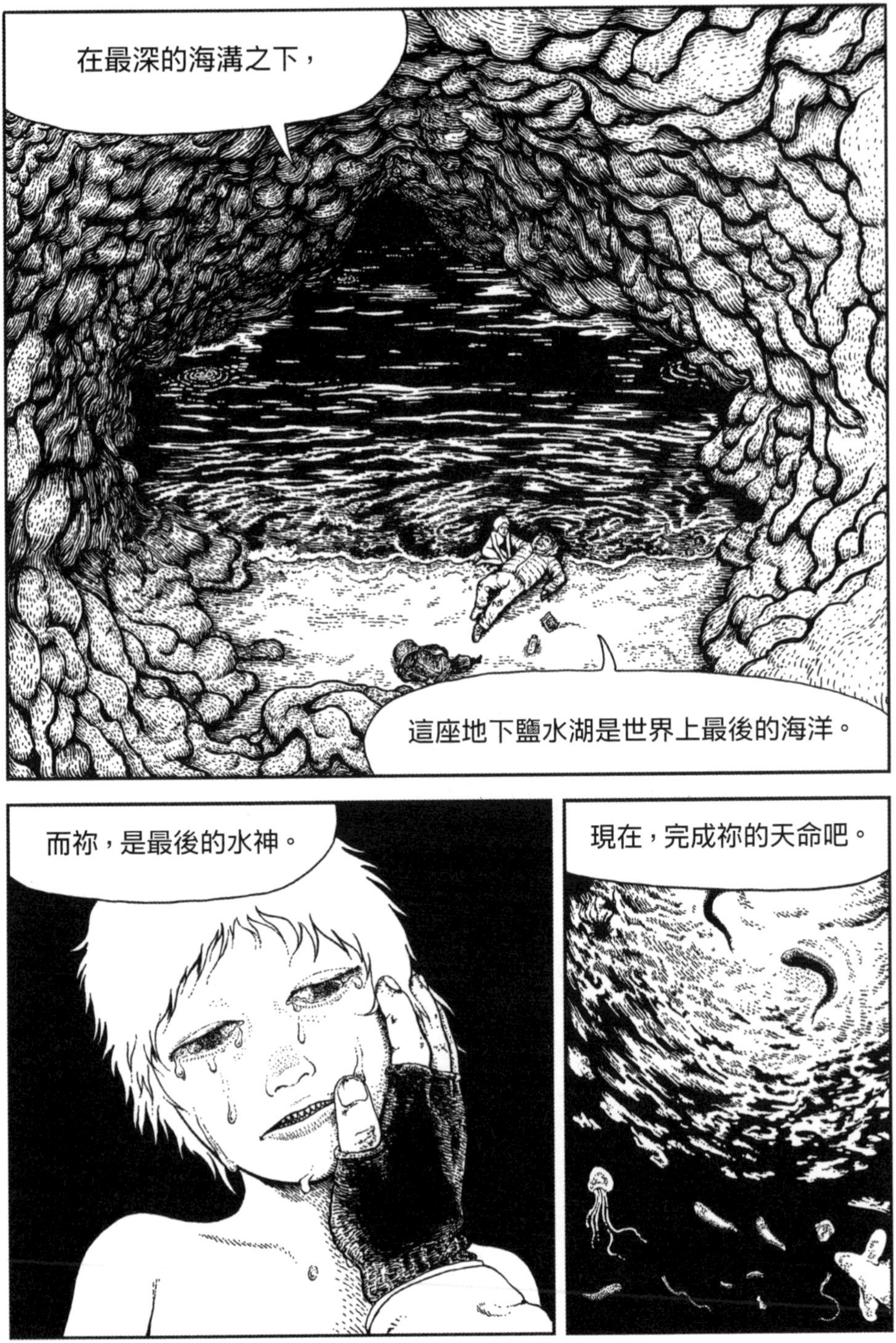

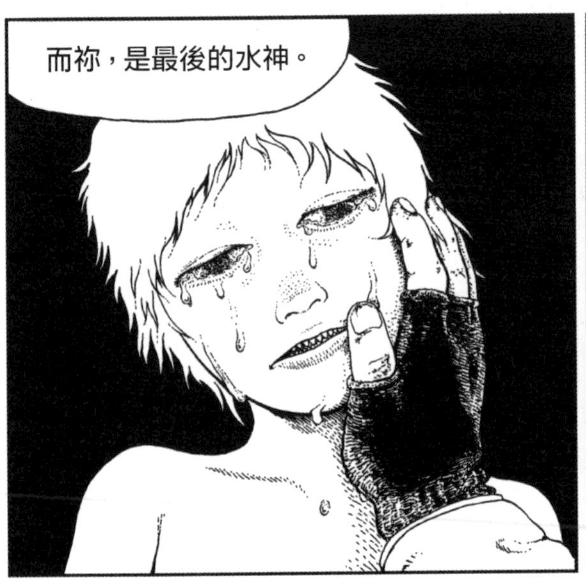

而祢，是最後的水神。


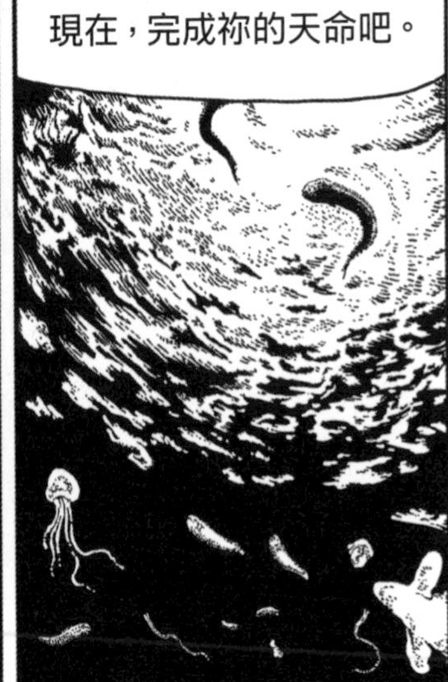

現在，完成祢的天命吧。

祢離開之後，我被祢暫緩的死亡
也將迅速到來。
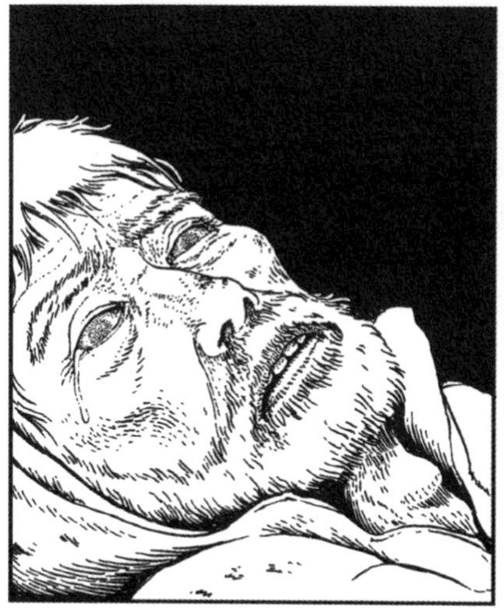

走吧。

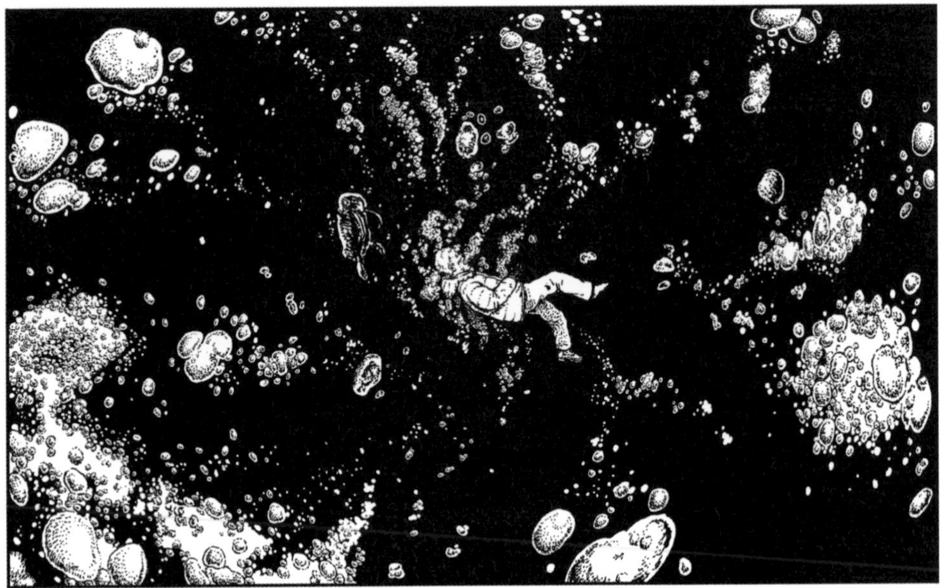

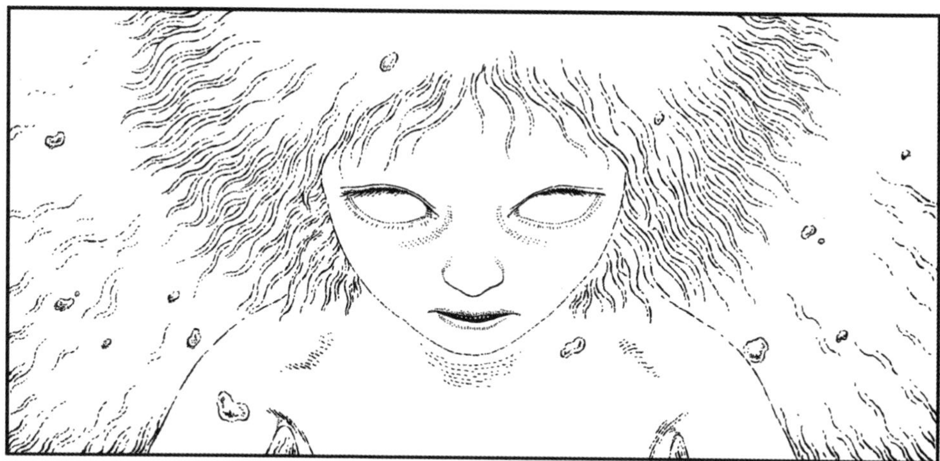

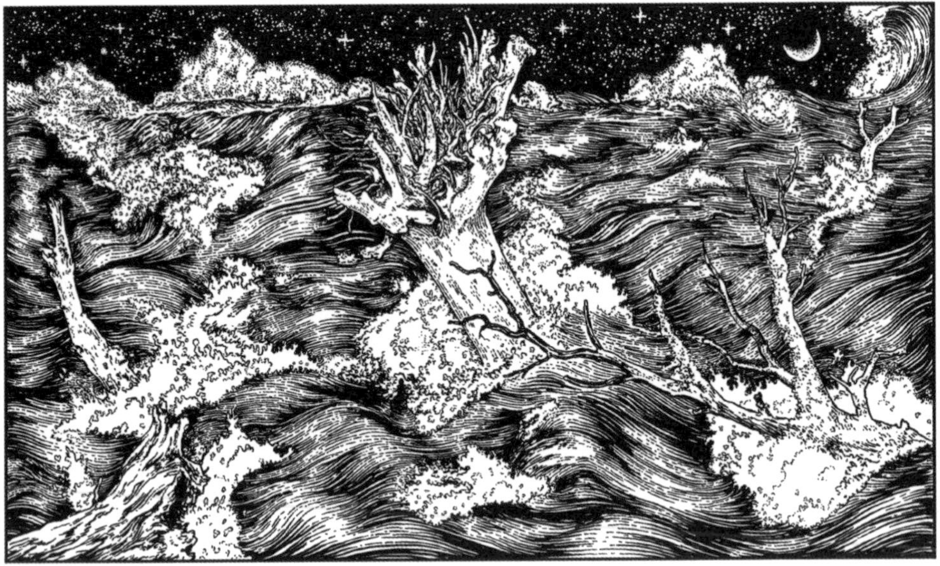

鹽水湖王。完

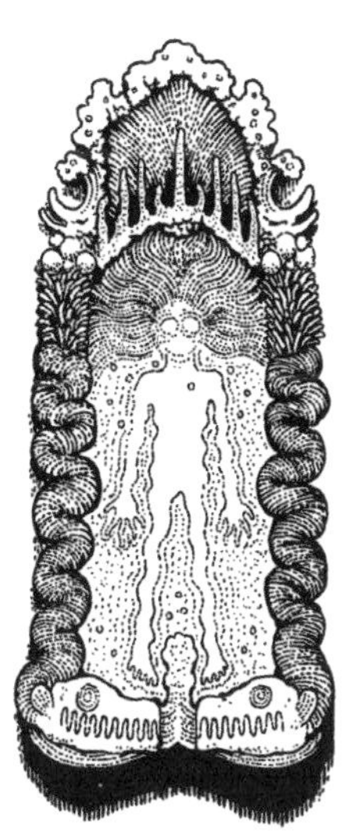

愛的解剖
藥島

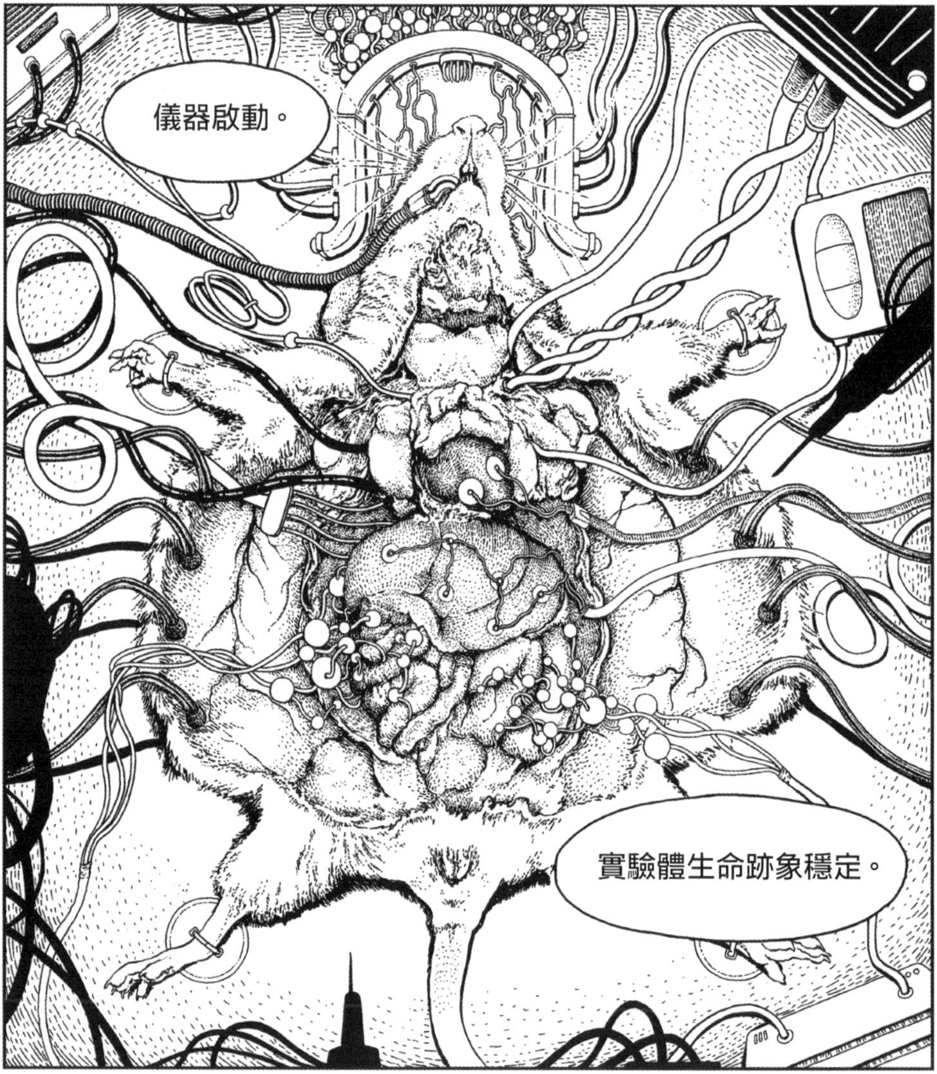

儀器啟動。

實驗體生命跡象穩定。

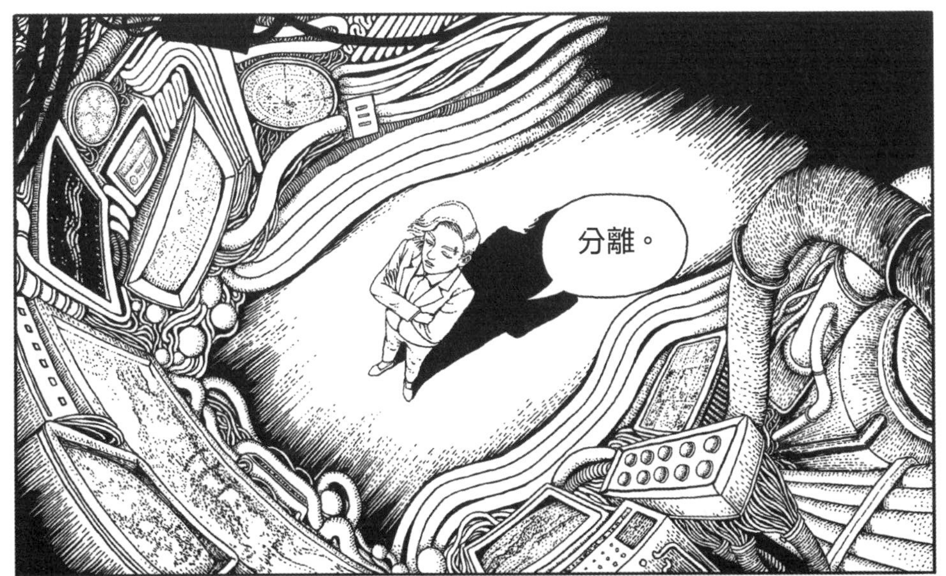
分離。

開始臟器分離。

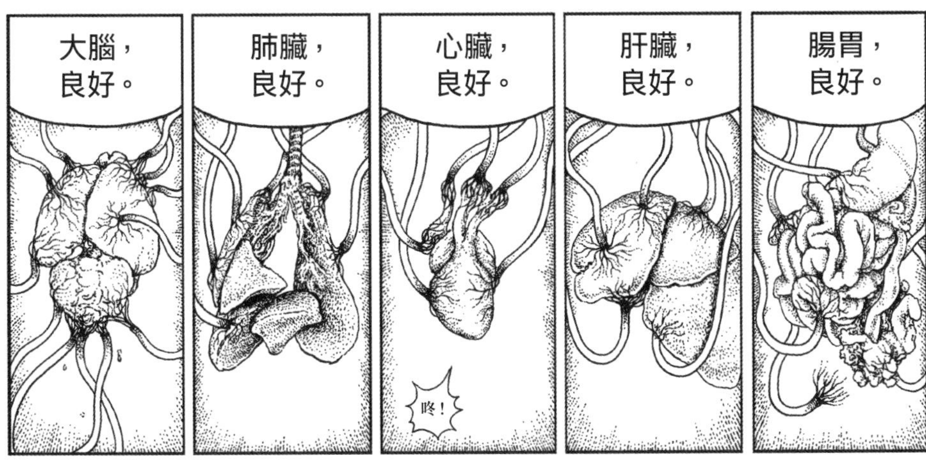
大腦，
良好。
肺臟，
良好。
心臟，
良好。
咚！
肝臟，
良好。
腸胃，
良好。

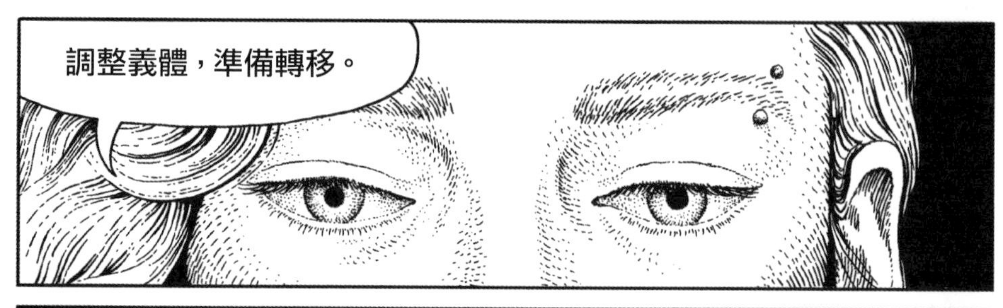
調整義體，準備轉移。

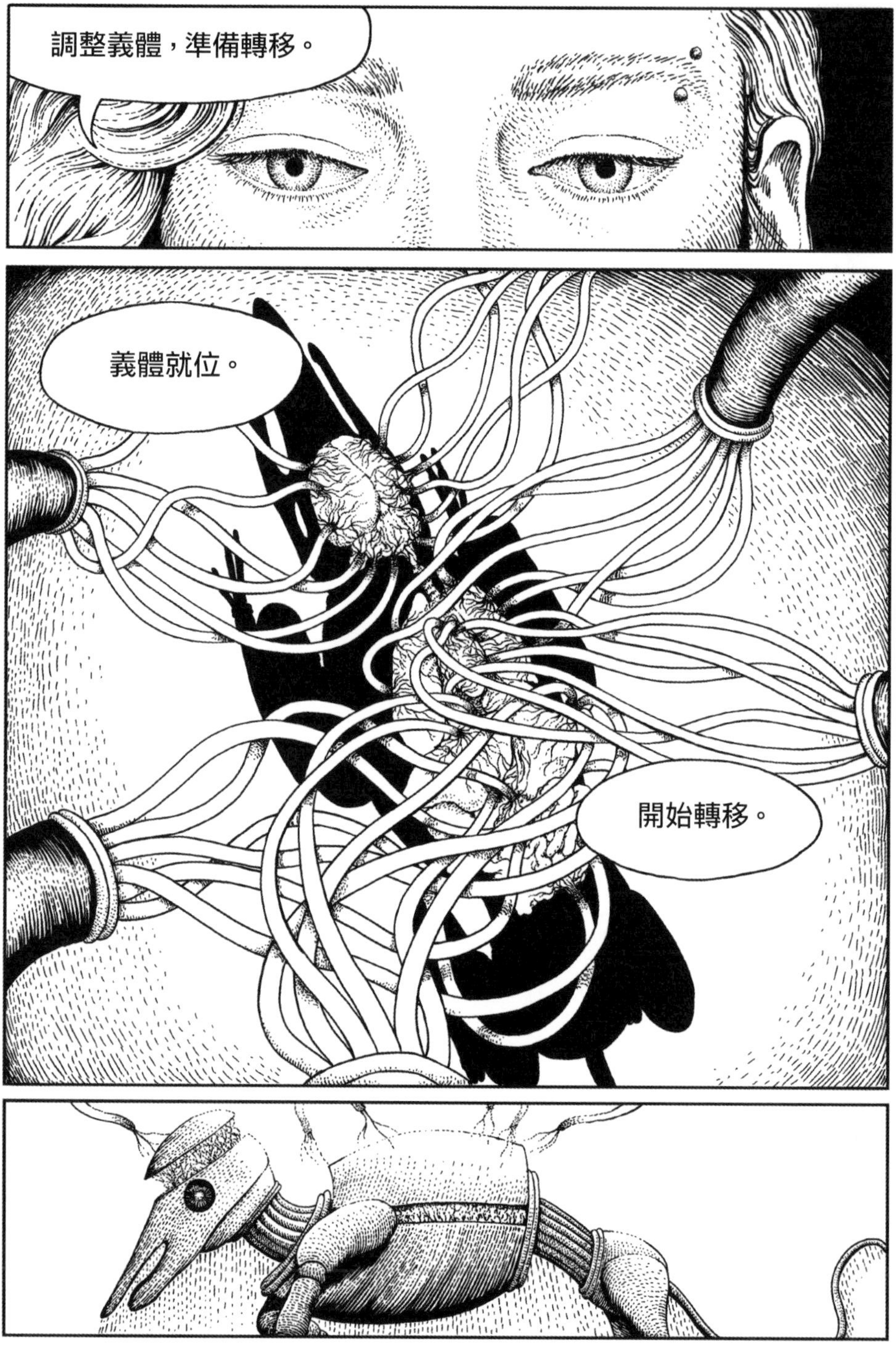

義體就位。
開始轉移。

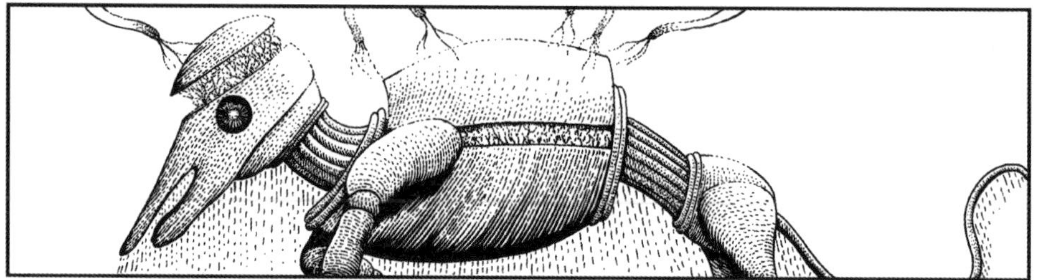

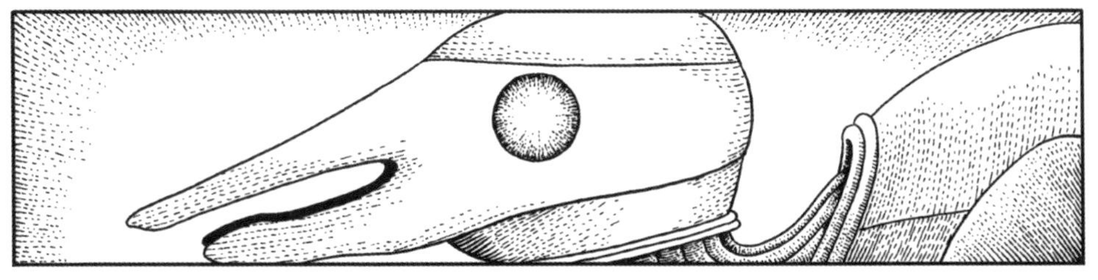

轉移完成，義體運作良好。

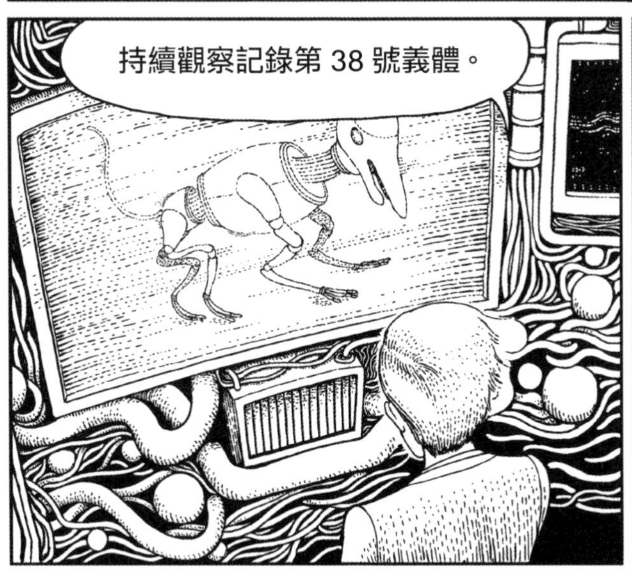
持續觀察記錄第 38 號義體。

實驗結束。

不好意思！副教授！
今天教授沒來嗎？
他臨時有事。
我瞭解，但研究進度已經大幅落後了，尤其是人體實驗⋯⋯
那些我會處理。

你管好你該管的就好。

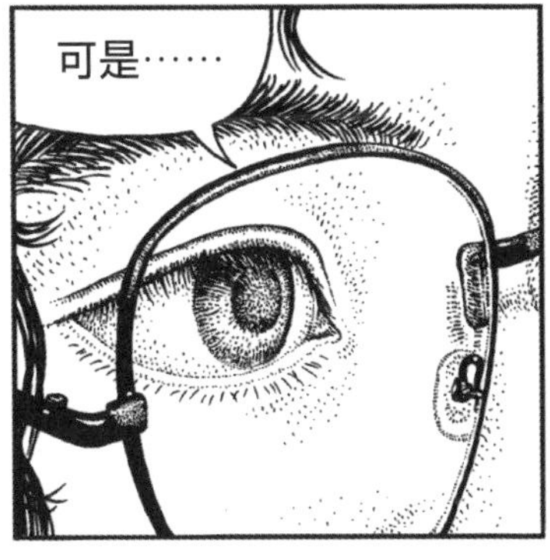
可是……

夠了。

你做的還不夠多嗎？

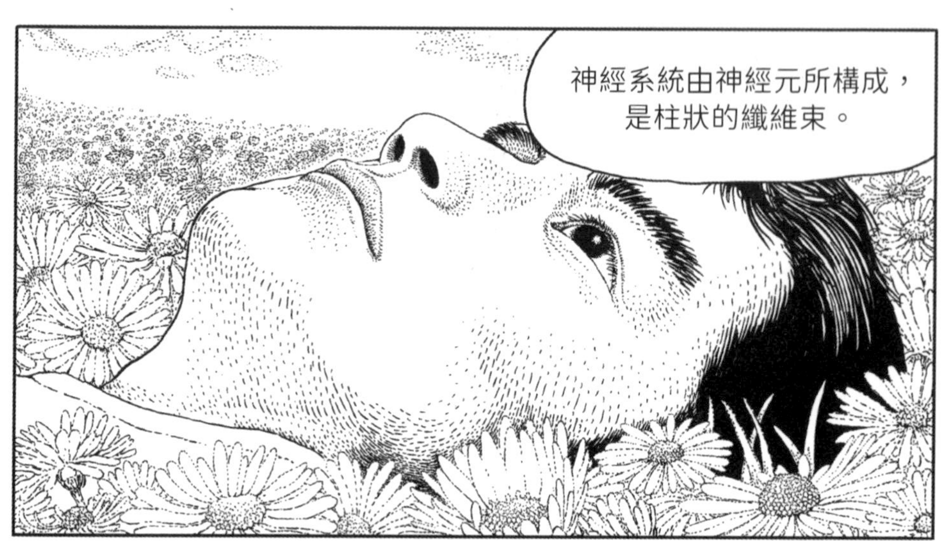
神經系統由神經元所構成，
是柱狀的纖維束。

書呆子！

從腦或脊髓開始延伸到身體
各處，負責傳遞訊號。

那愛呢？
愛能傳遞嗎？
走開！

你感覺不到
我的愛嗎？

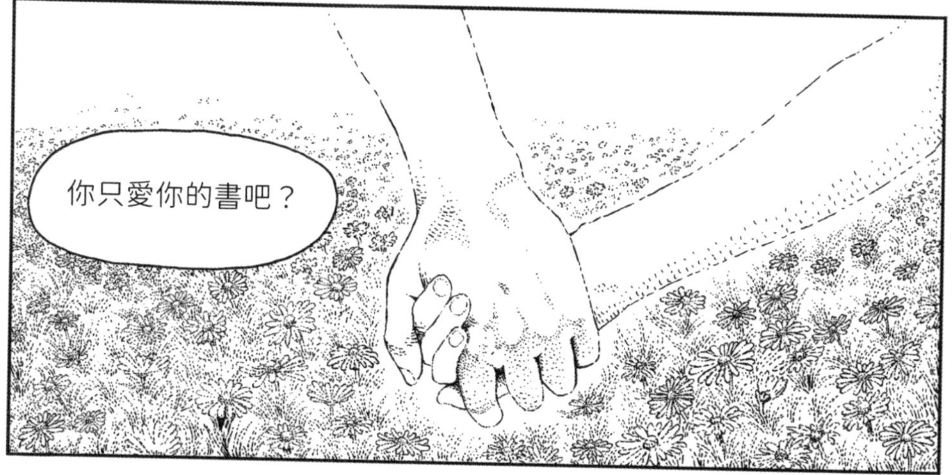
你只愛你的書吧？

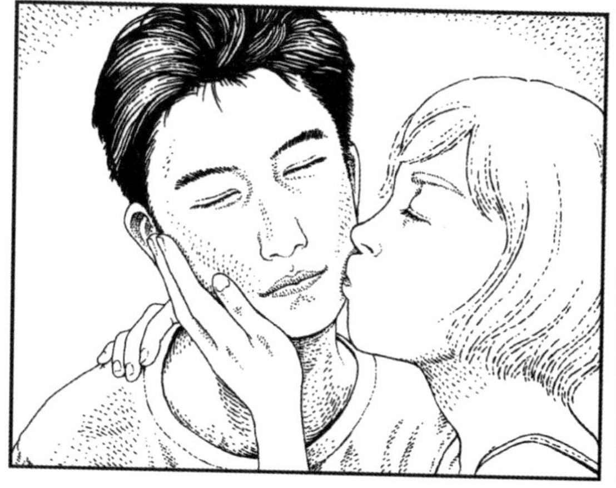

你感覺到愛了嗎？

看我！

儀器啟動。

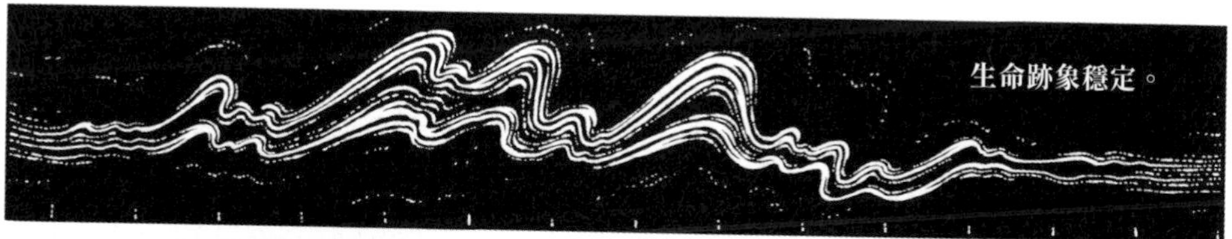
生命跡象穩定。

嘿。

教授？

嘿。

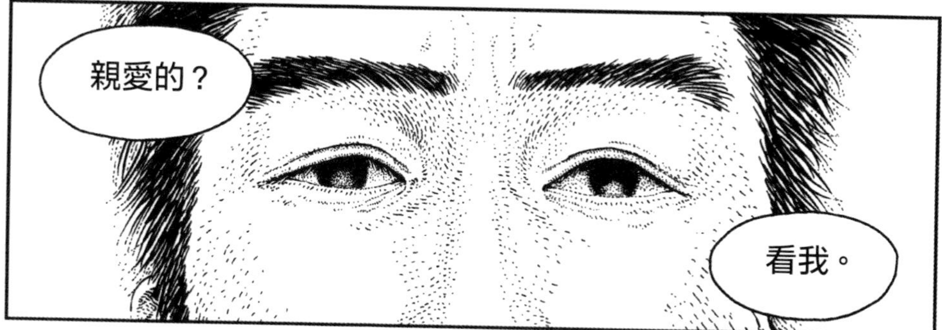
親愛的？
看我。

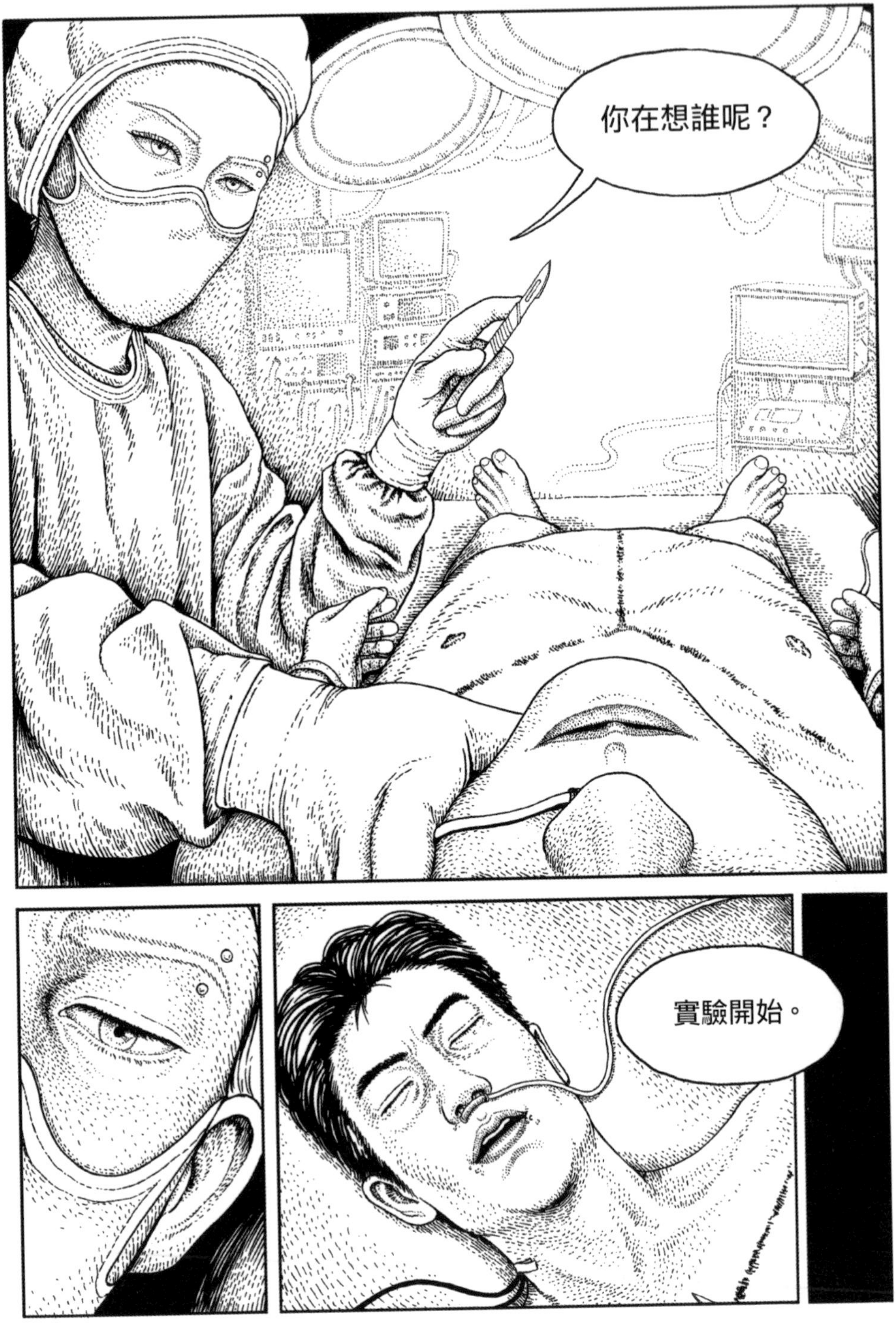

你在想誰呢？

怎麼了？

學長？

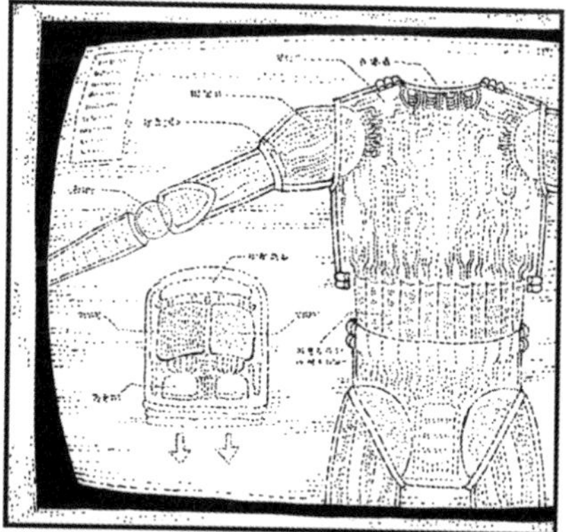

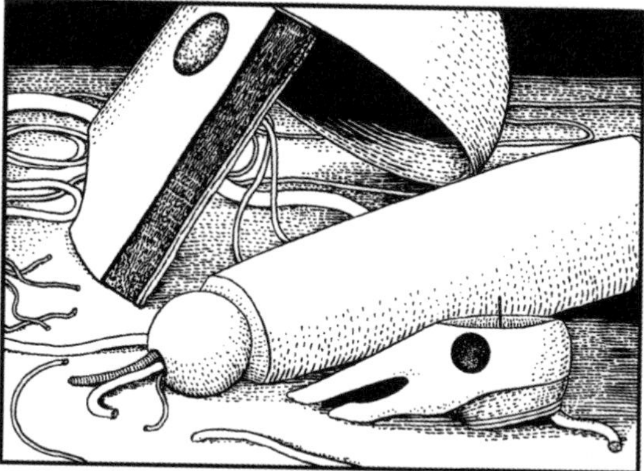

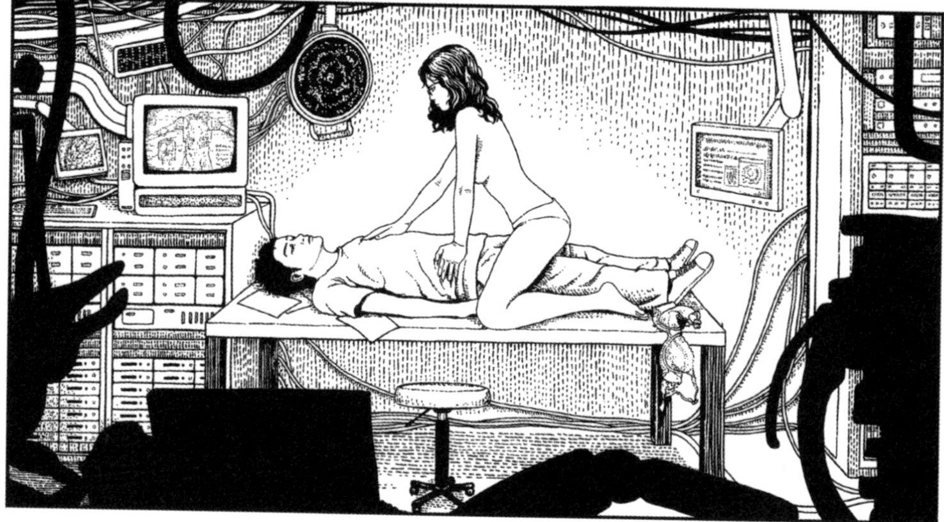

你在想誰呢？

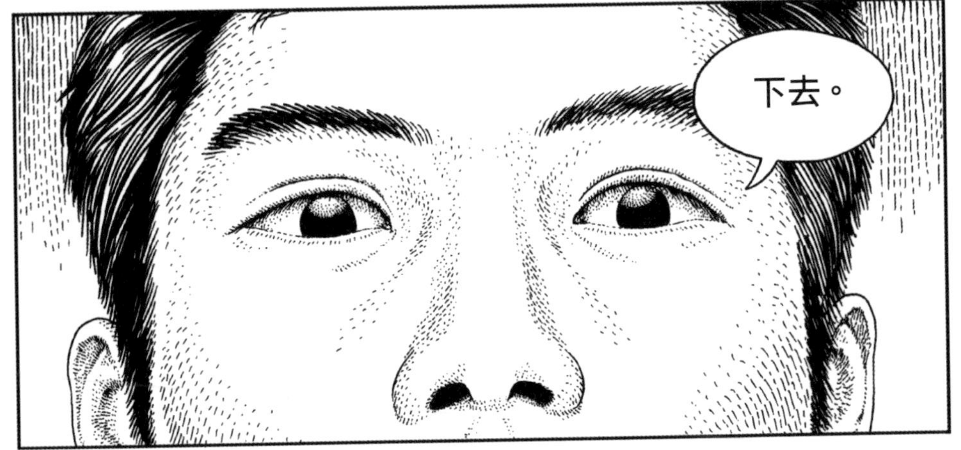

嗯？你要我上來就上來，
要我下去我就下去？
下去！

等一下嘛！

等一下下就好……

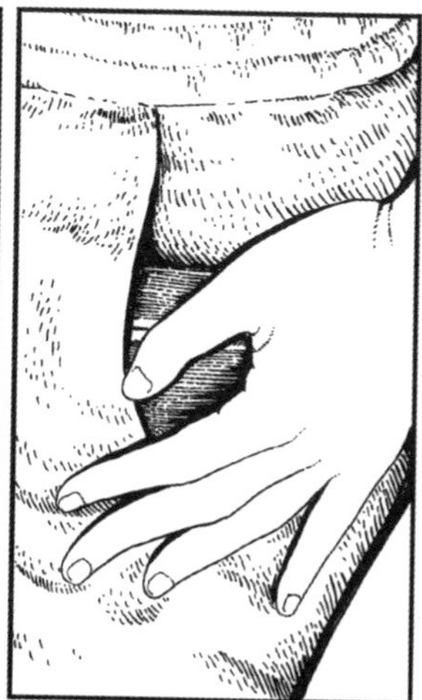

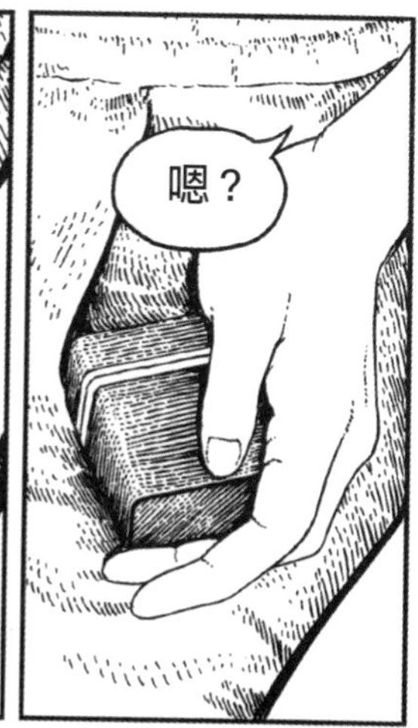
嗯？

這是什麼？
是要送給我的嗎？

還給我。

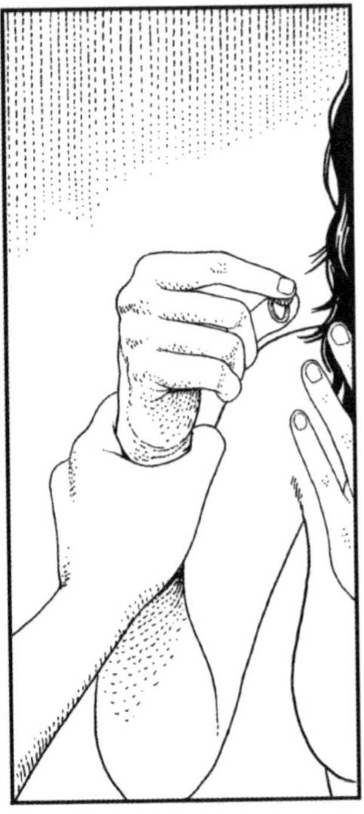

你這個……

欸！我提早結束了，
我們可以去吃……

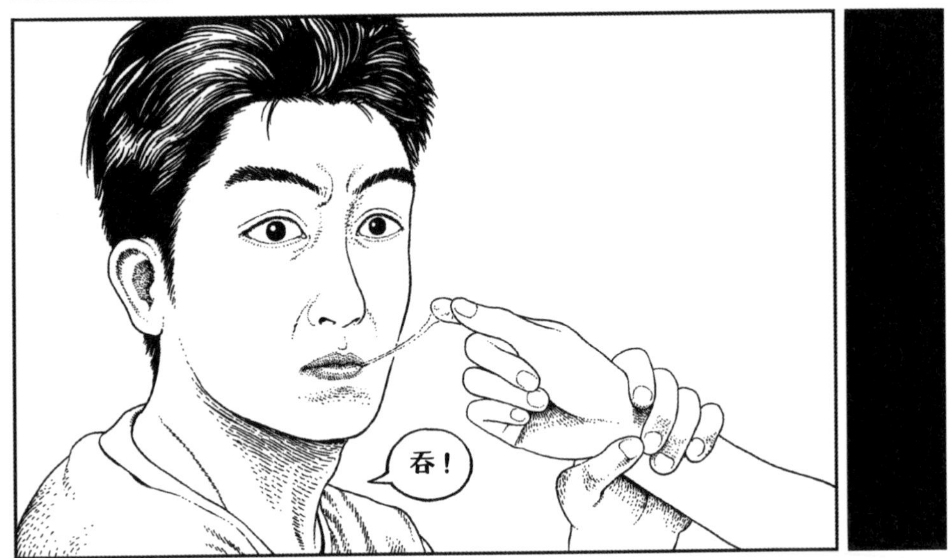
吞！

要把你變成魚養在水槽裡呢？
還是你想變成籠子中的鳥？

希望你喜歡你自己設計的義體。

不過你也可能在過程中就死了，
畢竟我們從來沒做過人體實驗。

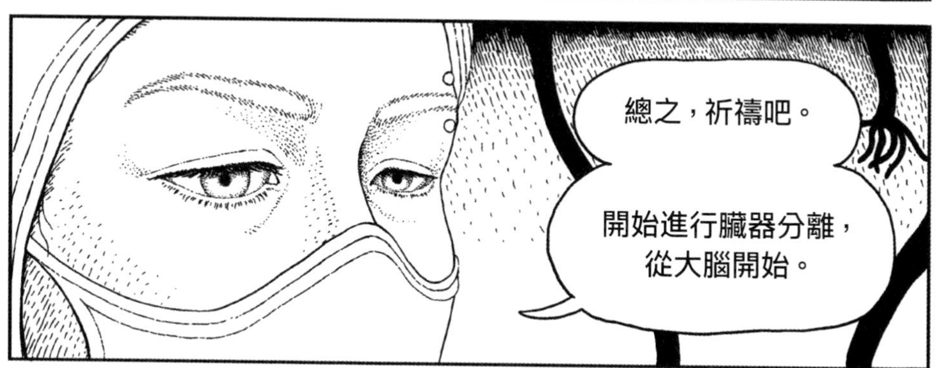

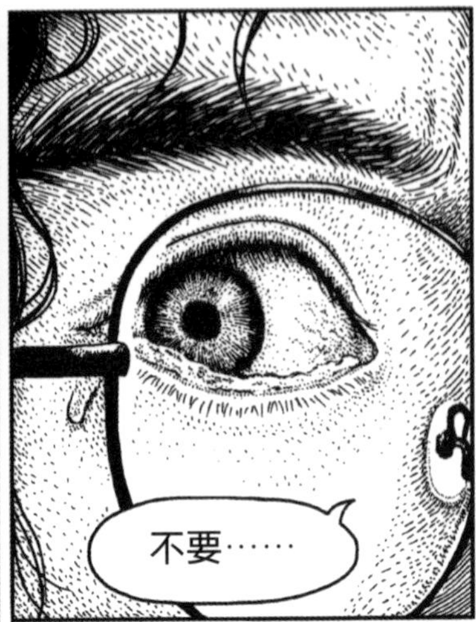
不要……

嗚嘔！
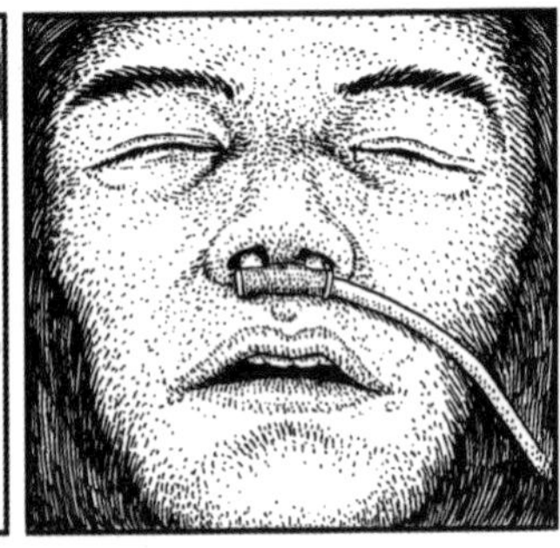

她瘋了……
她殺人了……

學長！學長！

大腦良好，肺臟……

就叫你戒菸，肺都黑了。

心臟良好，肝臟……
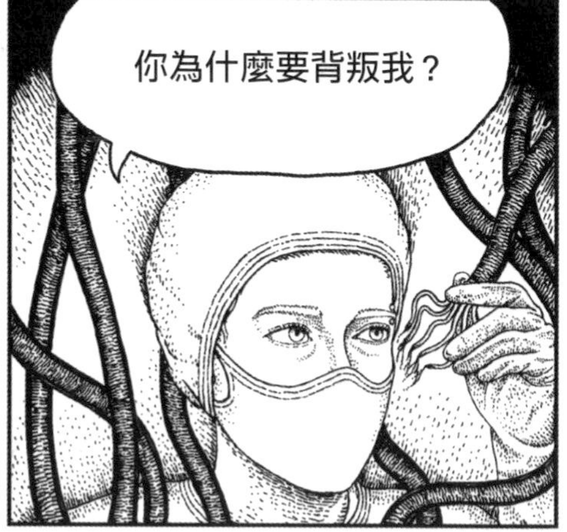
你為什麼要背叛我？

胃部與腸——

這是什麼？

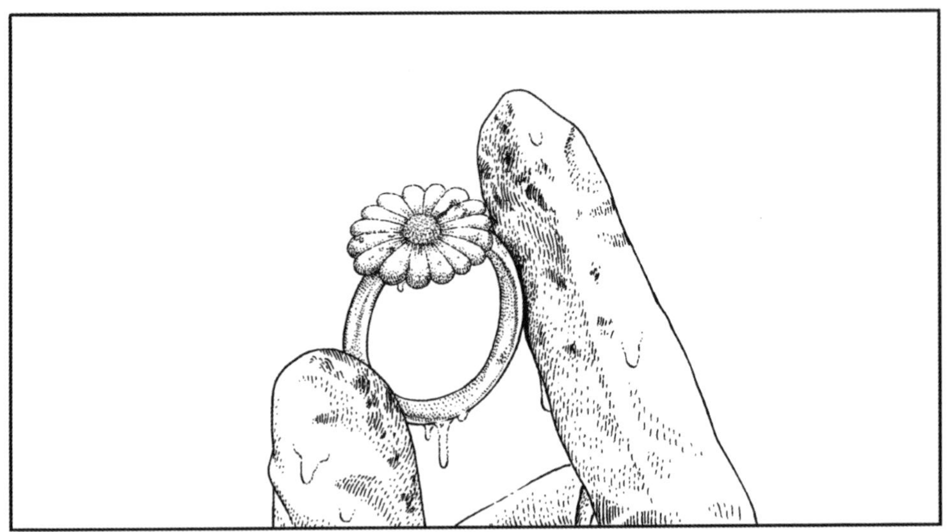

這是什麼意思？

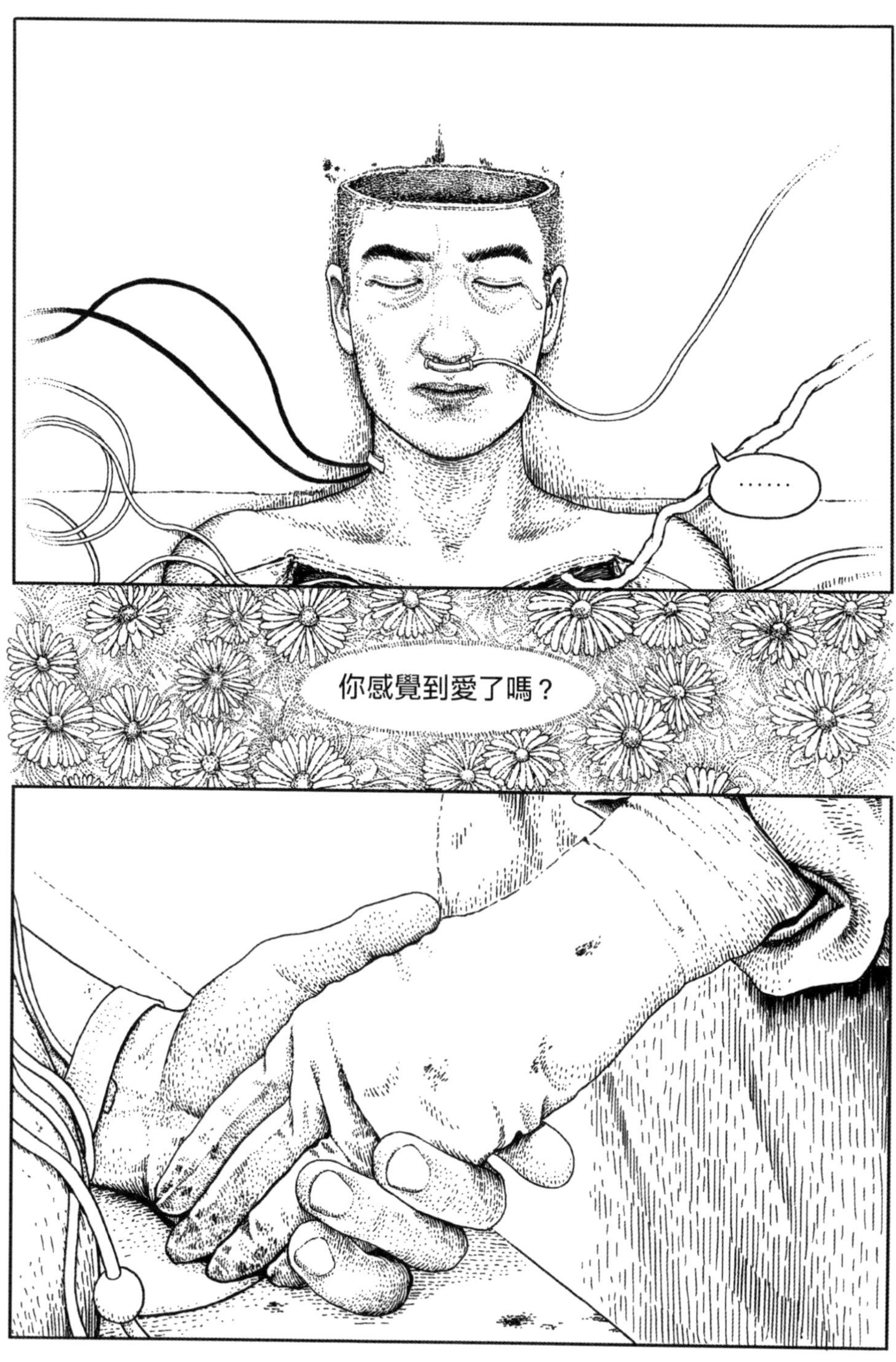
……
你感覺到愛了嗎？

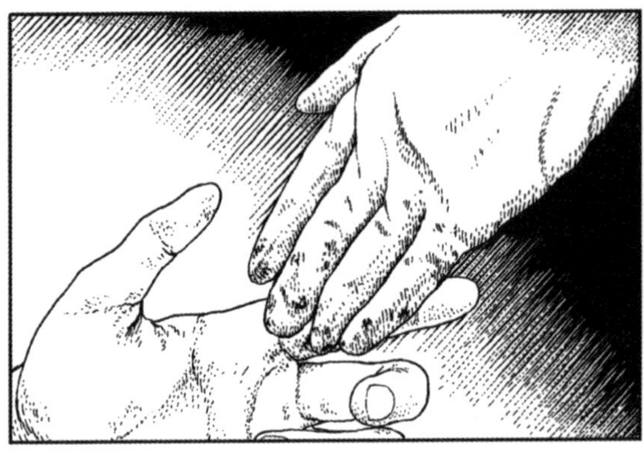

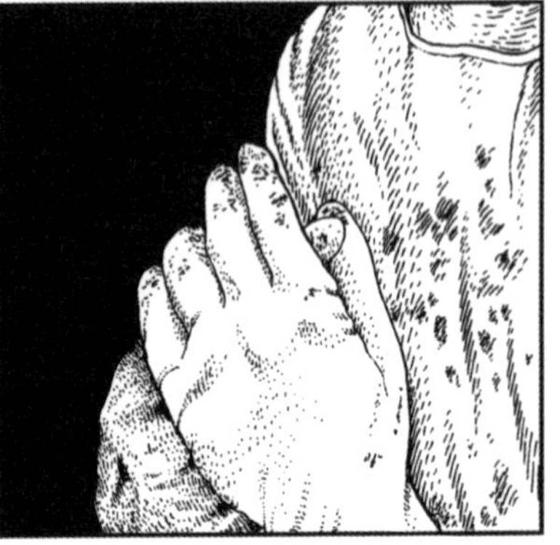

準備義體轉移。

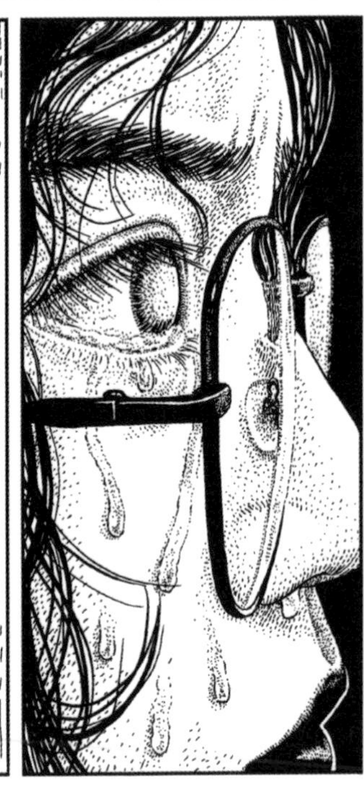

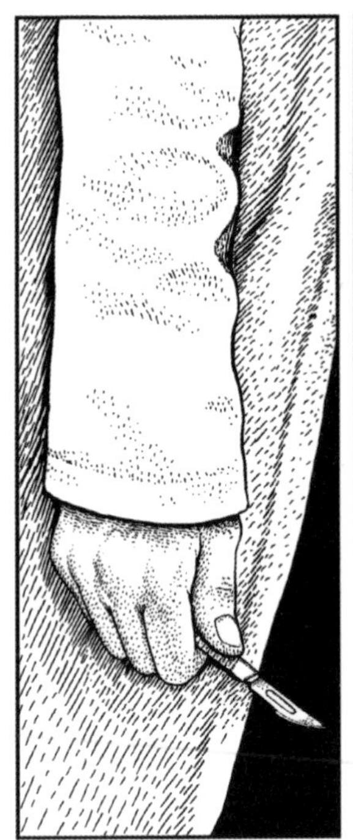

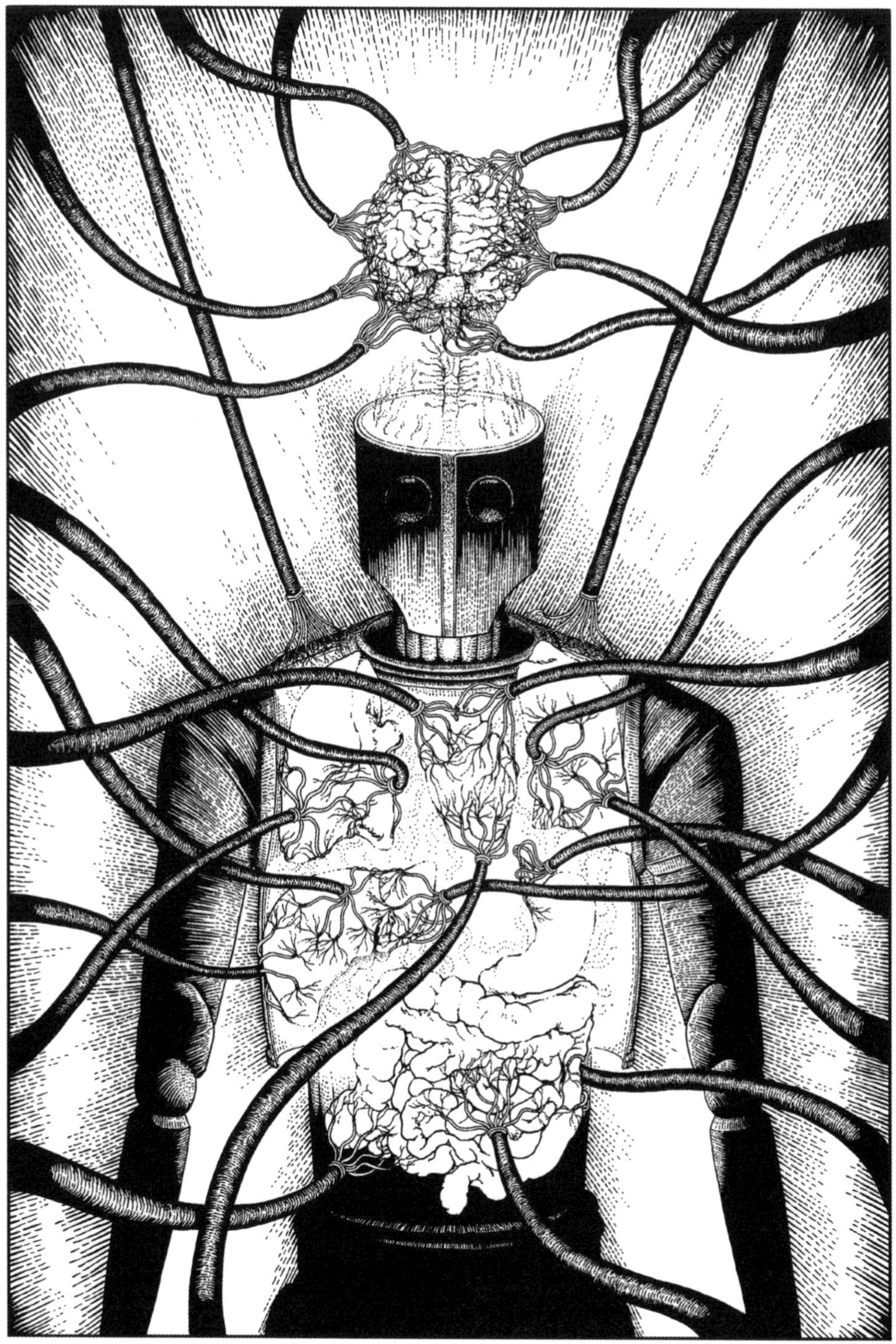

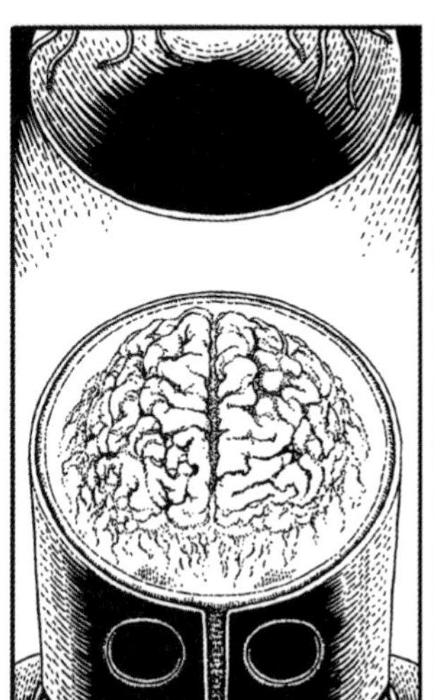

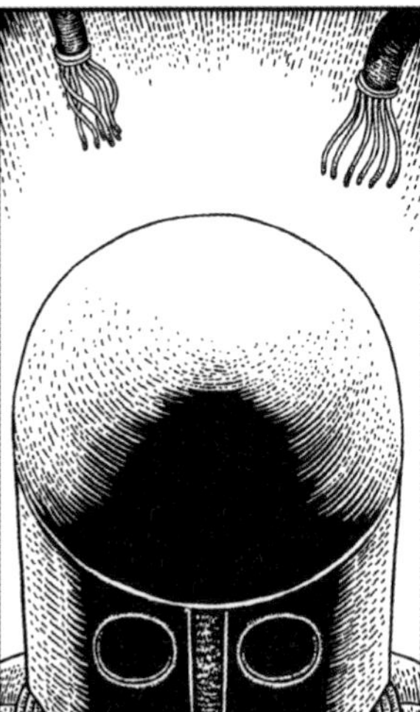

轉移結束。

無生命跡象。

準備電擊。

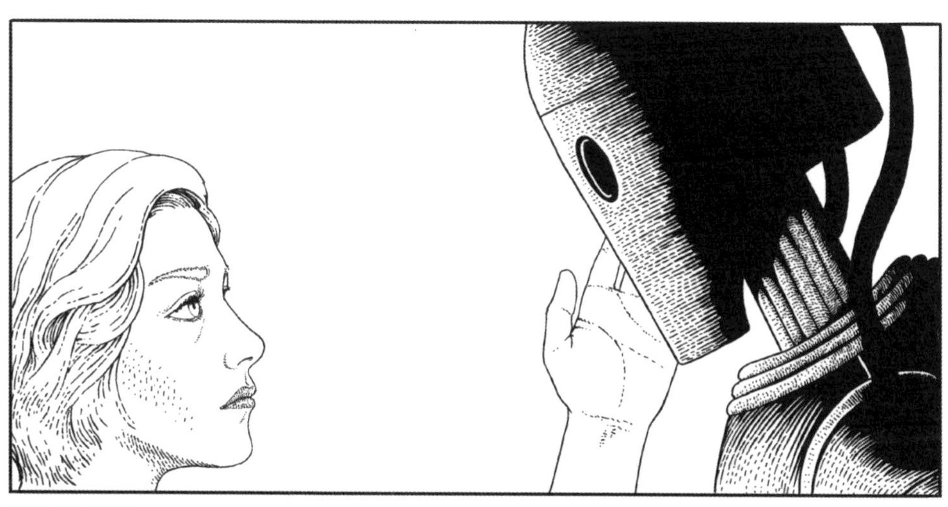

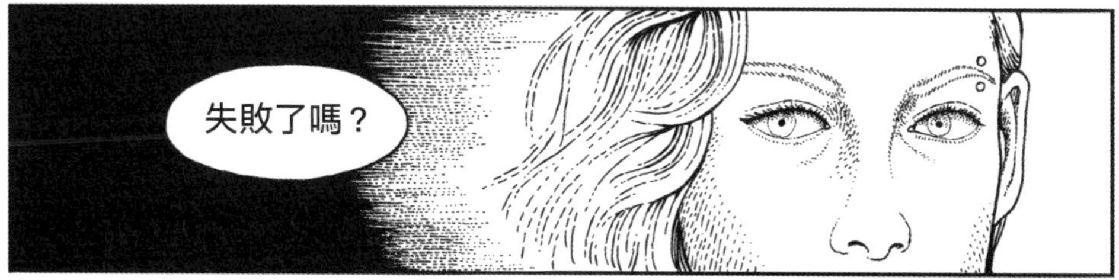
失敗了嗎？

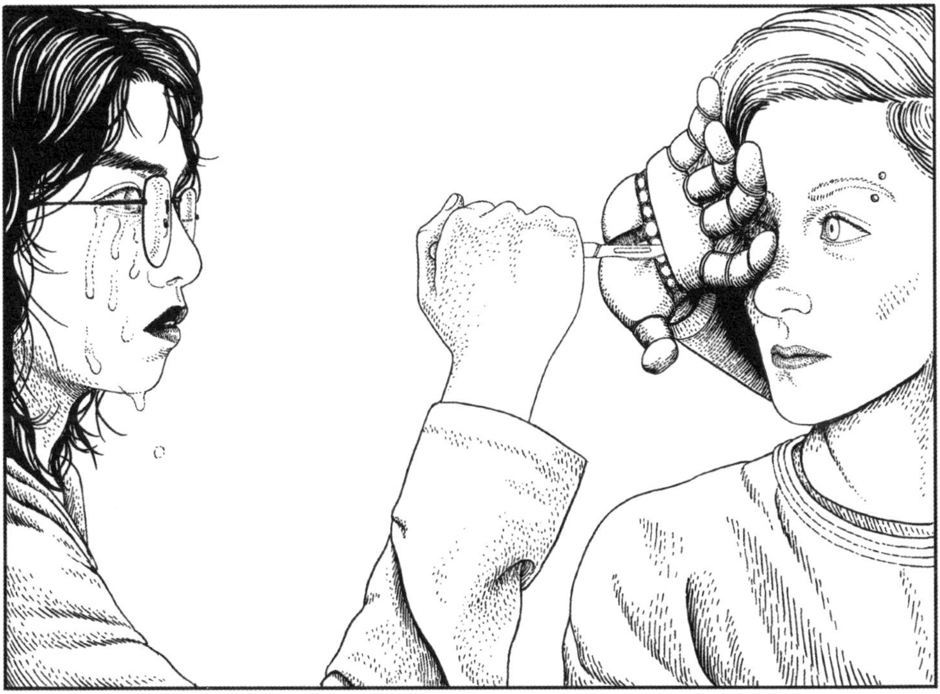

學長？

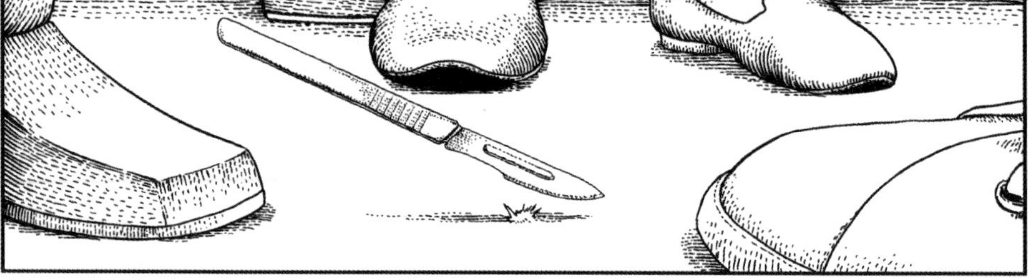

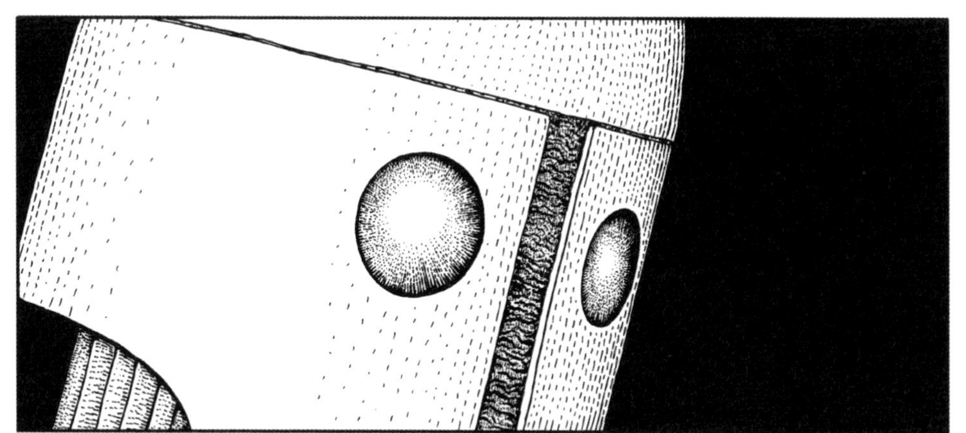

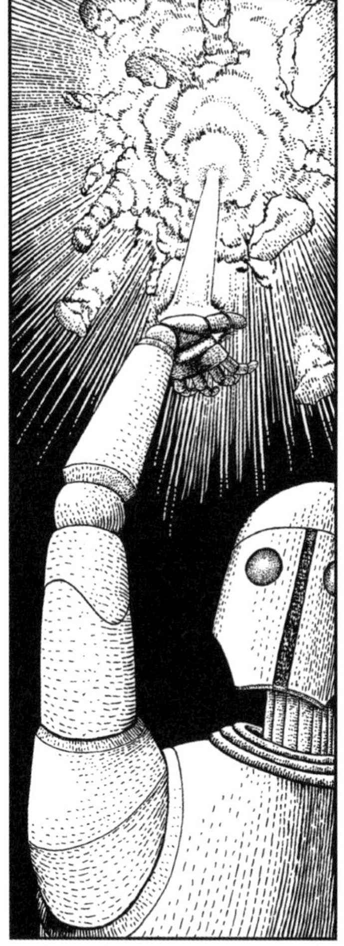

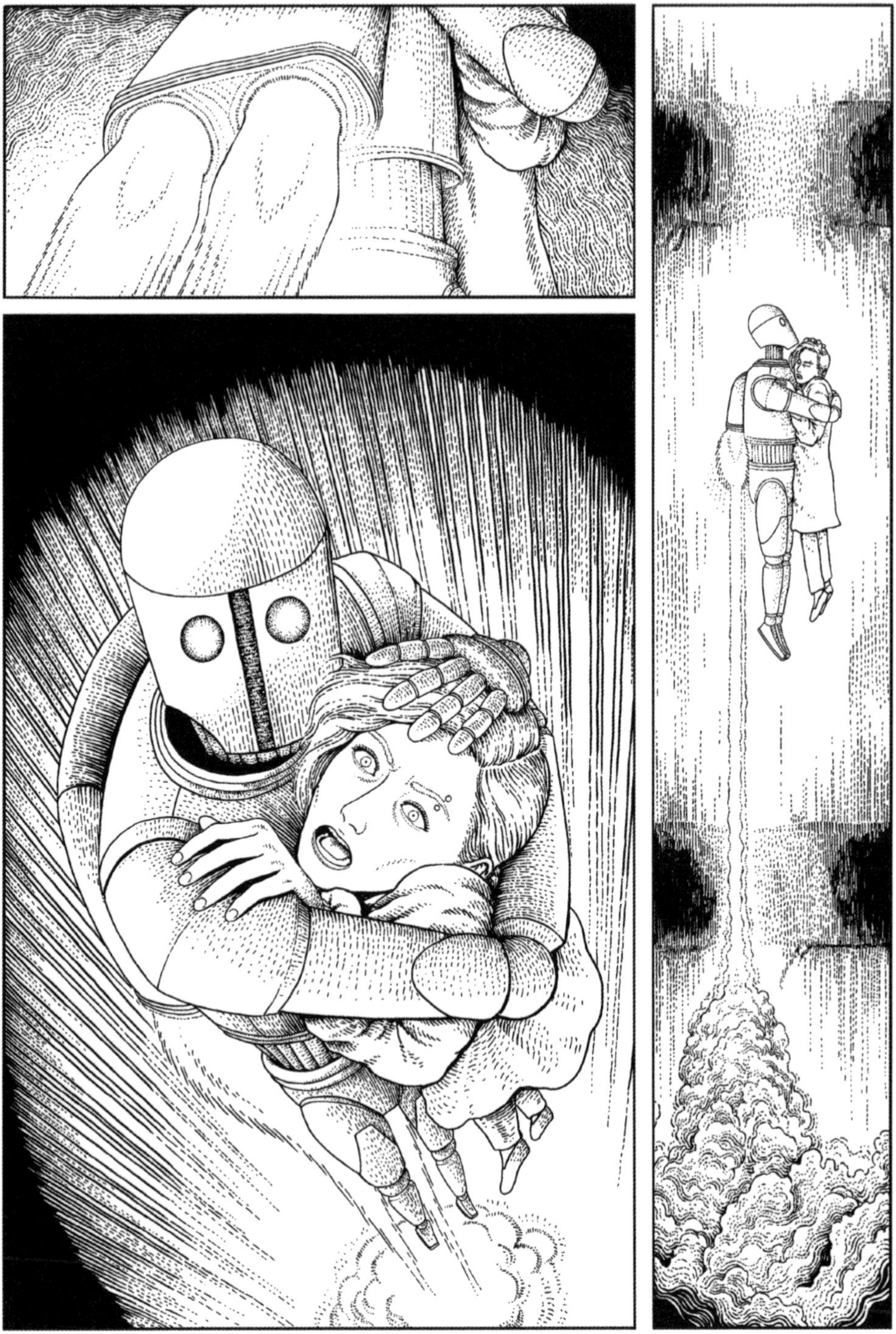

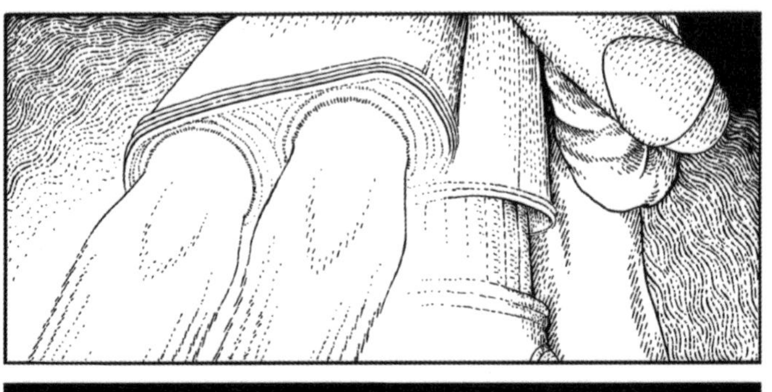

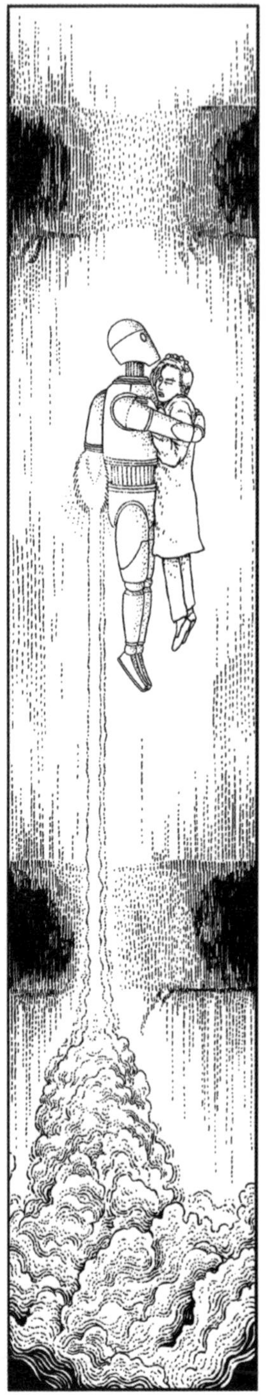

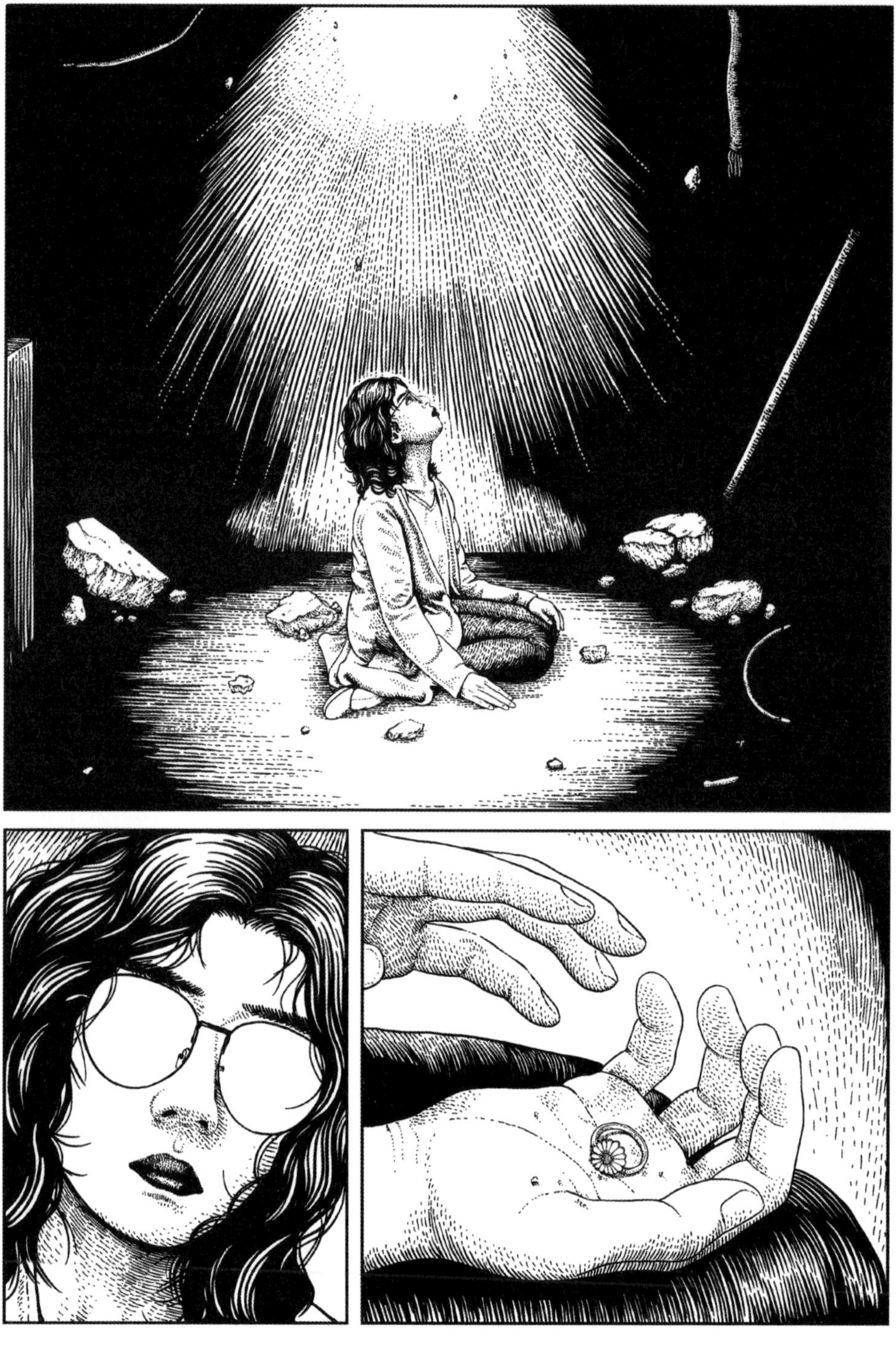

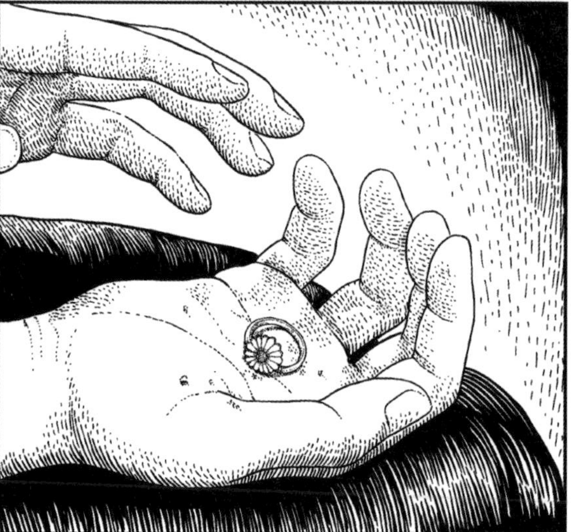

我感覺到愛了。

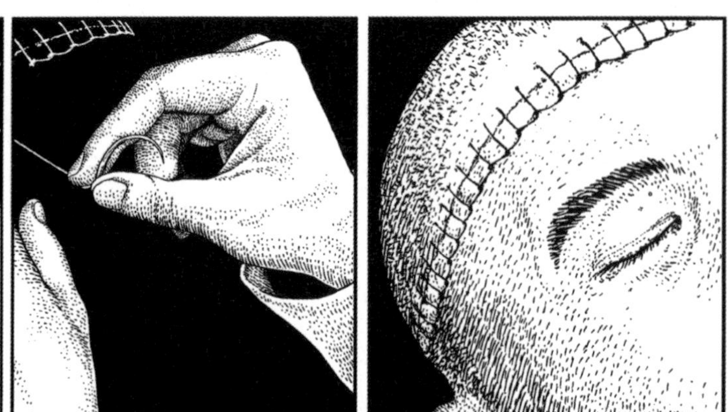

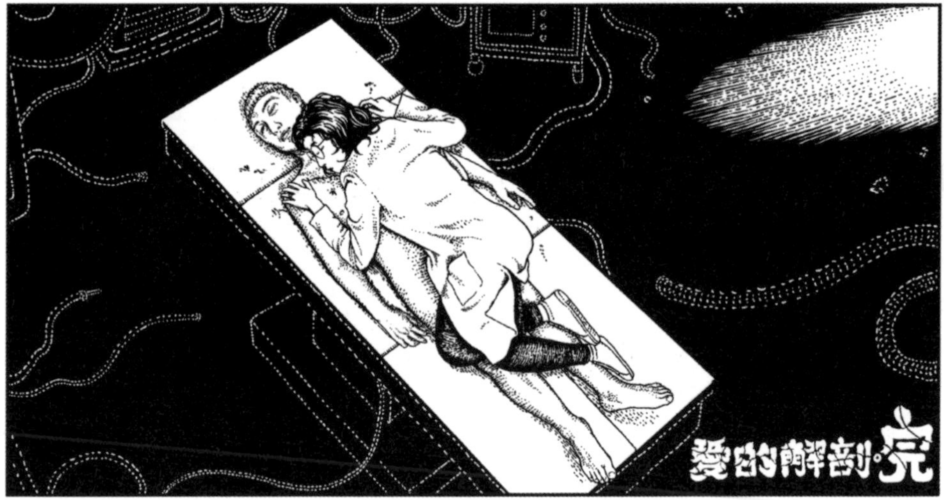
愛的解剖・完

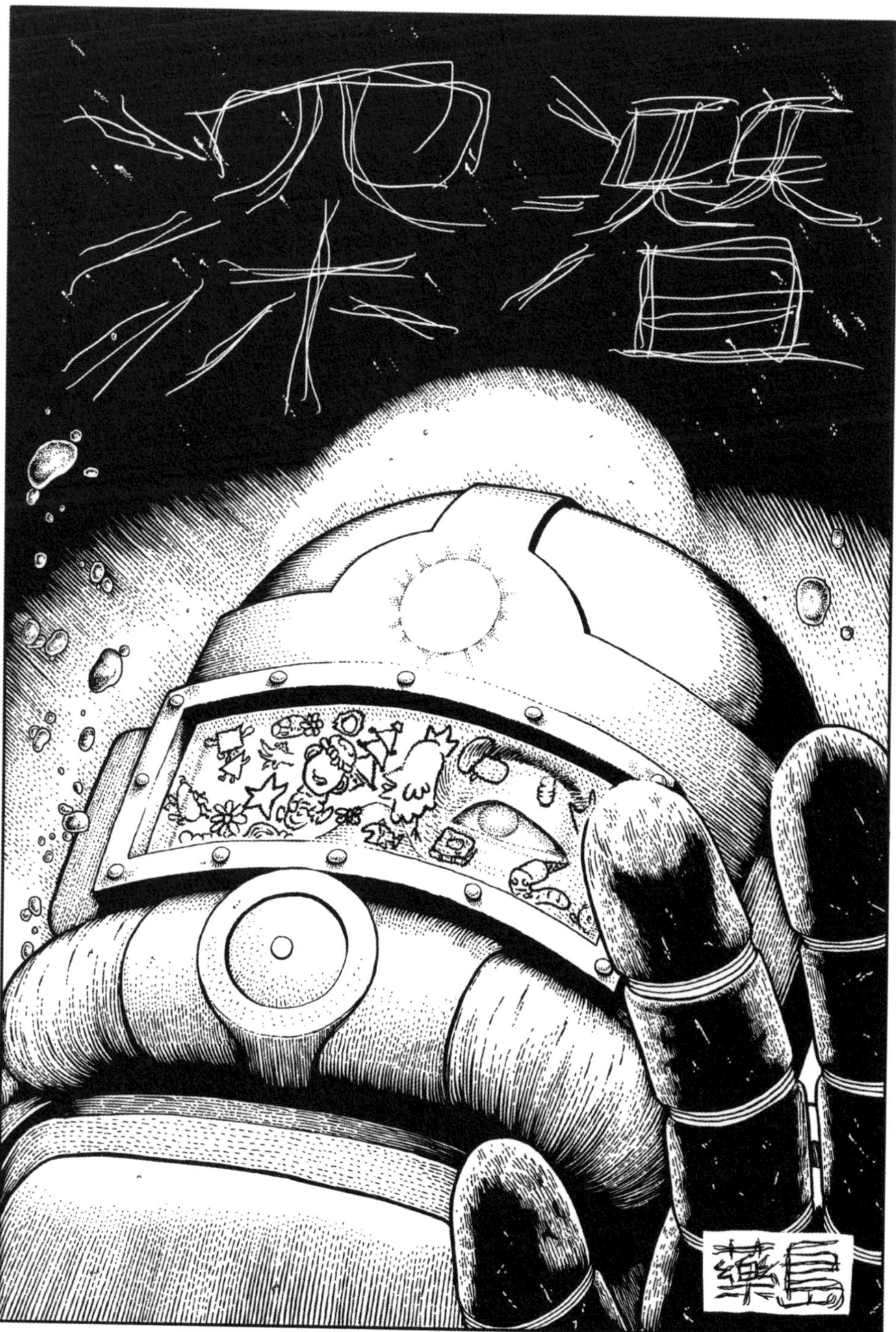

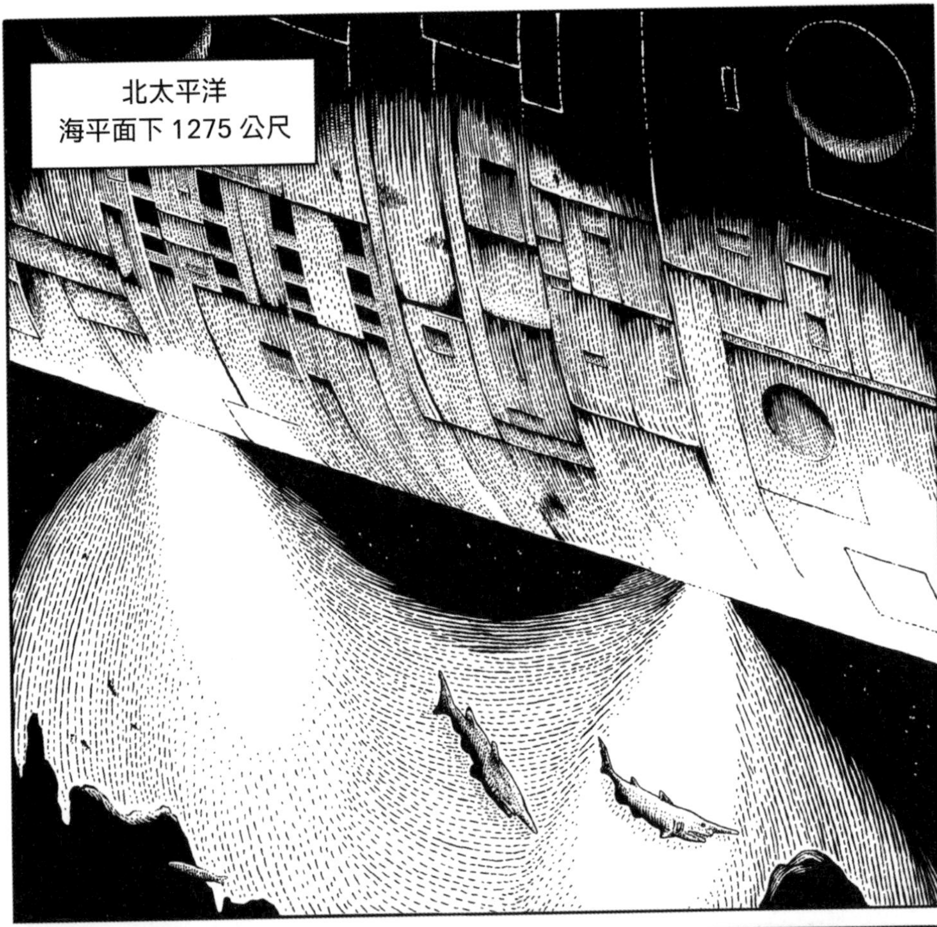

北太平洋
海平面下 1275 公尺

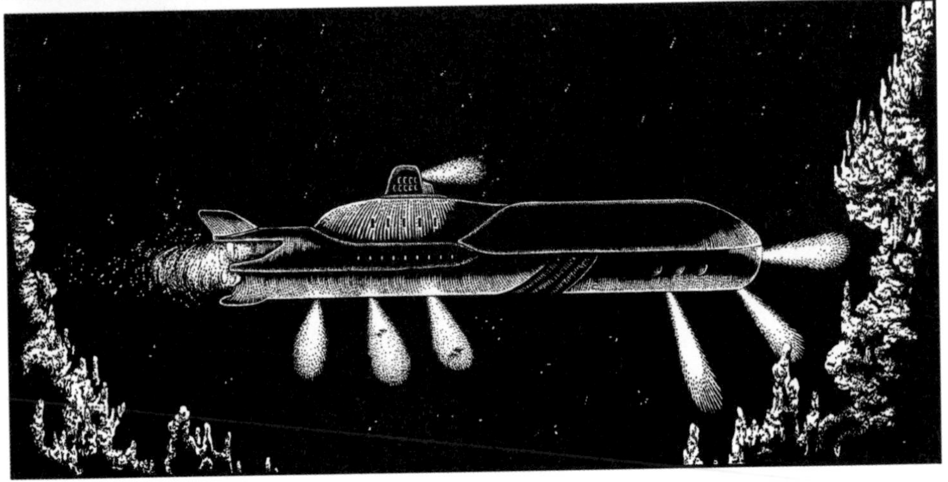

聽說探測器發現了新東西，
但卻故障沉到了海底。
高科技不堪用，到最後
還不是要回頭求我們。
那是這次的書面資料嗎？

那是他女兒送
他的畫啦。
喔？她畫什麼？

這啥？

沒什麼。

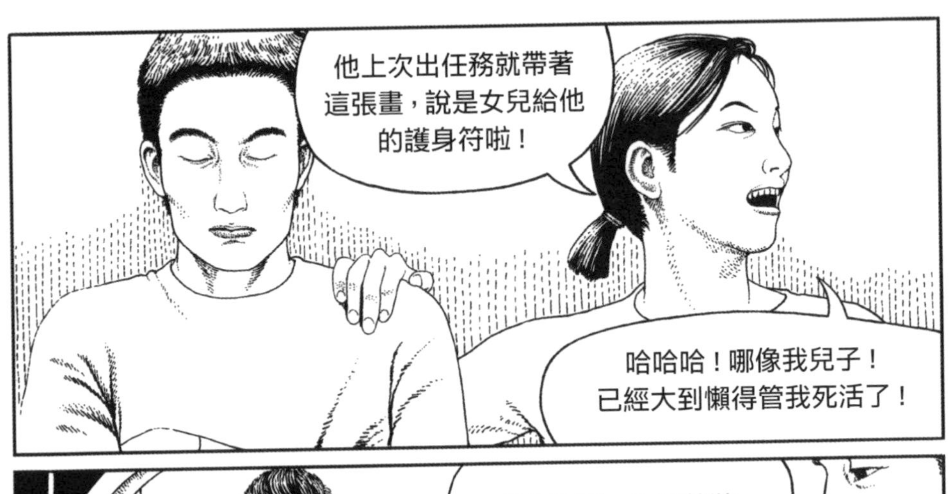
他上次出任務就帶著
這張畫，說是女兒給他
的護身符啦！
哈哈哈！哪像我兒子！
已經大到懶得管我死活了！

我們到了，全員著裝。
收到！

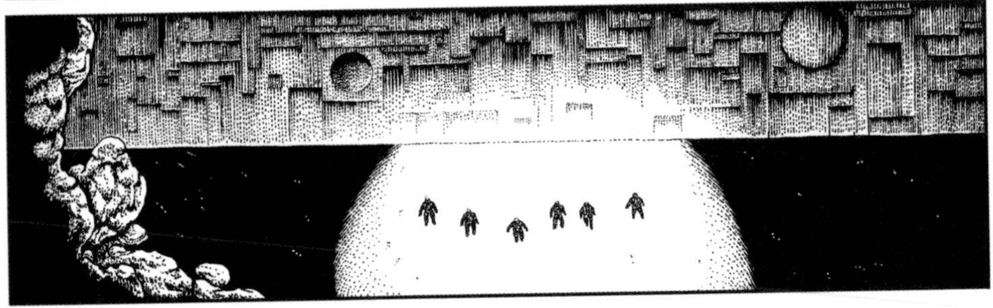

任務目標：回收探測器，
並初步探勘和記錄。

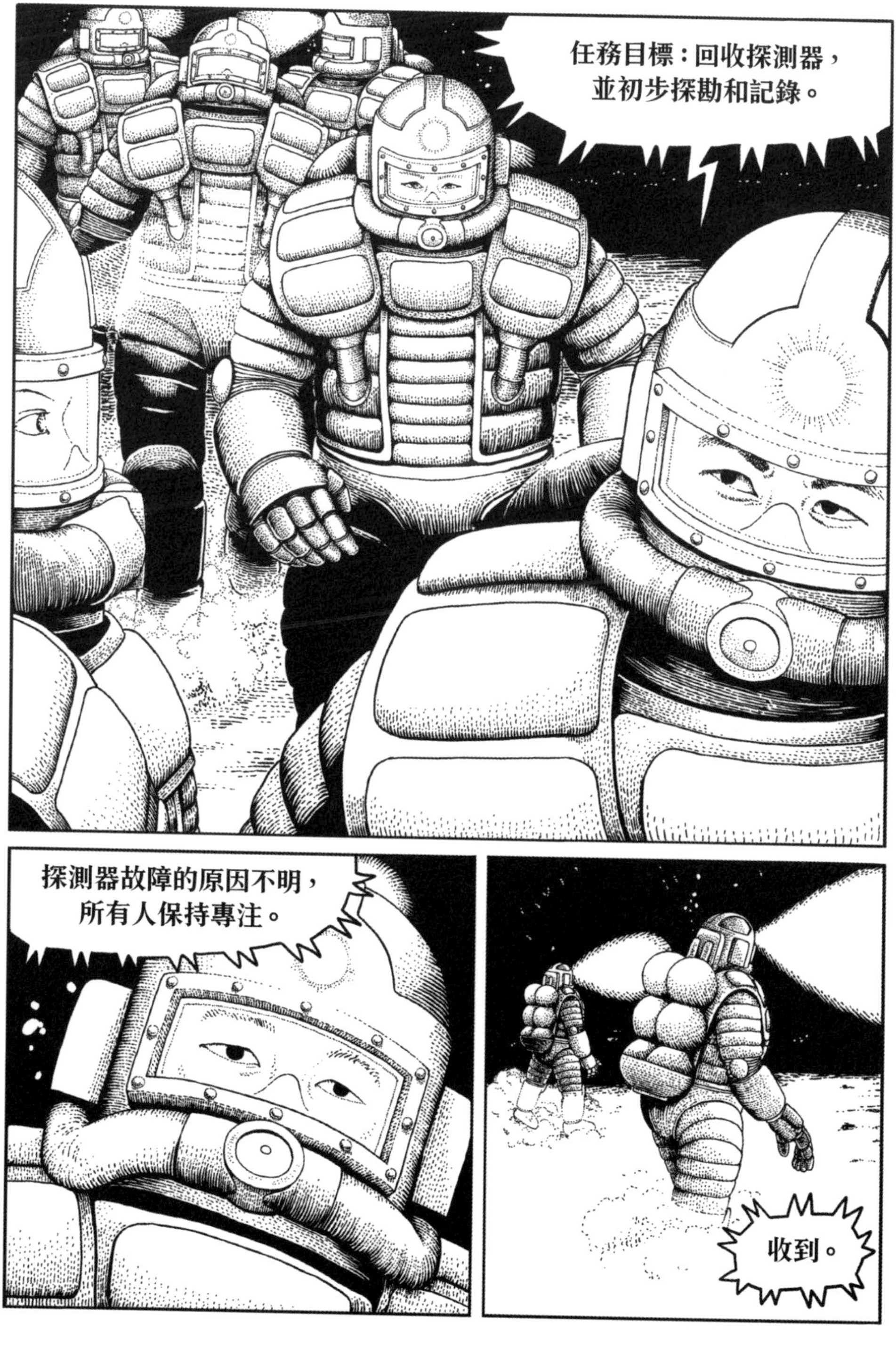

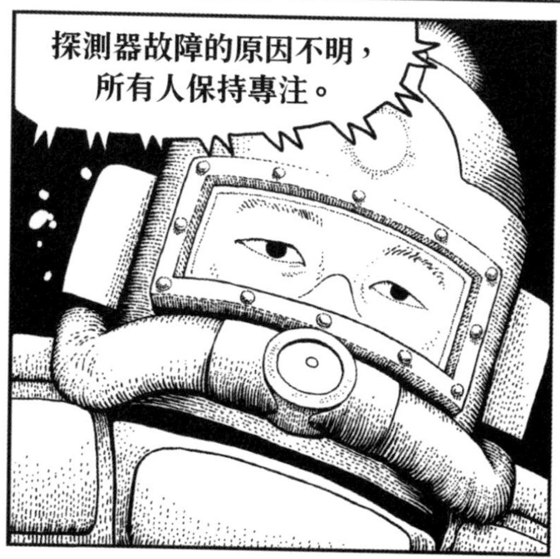

探測器故障的原因不明，
所有人保持專注。

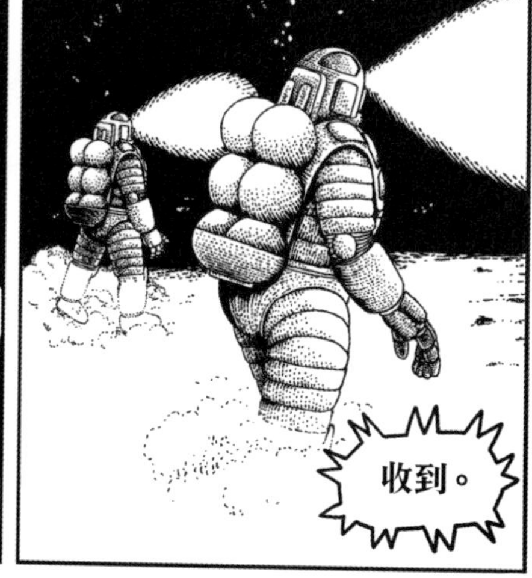

收到。

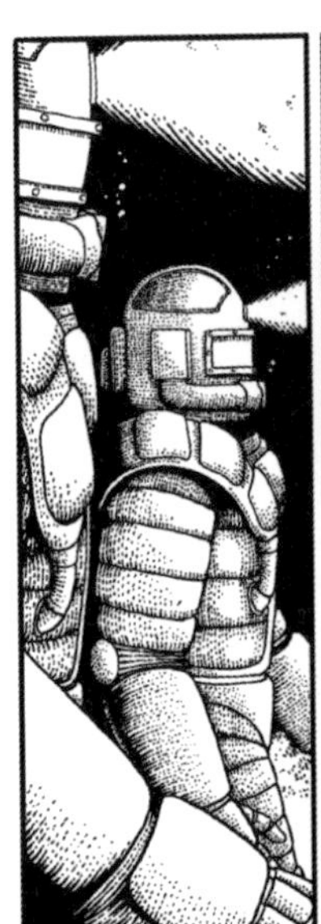

發現探測器，目測全毀。
在這種深度，
內爆就會變成這樣。

但這形狀……
不像是內爆。

是外力……

嗚啊啊啊！
全員撤退！
立即撤回潛艇上！

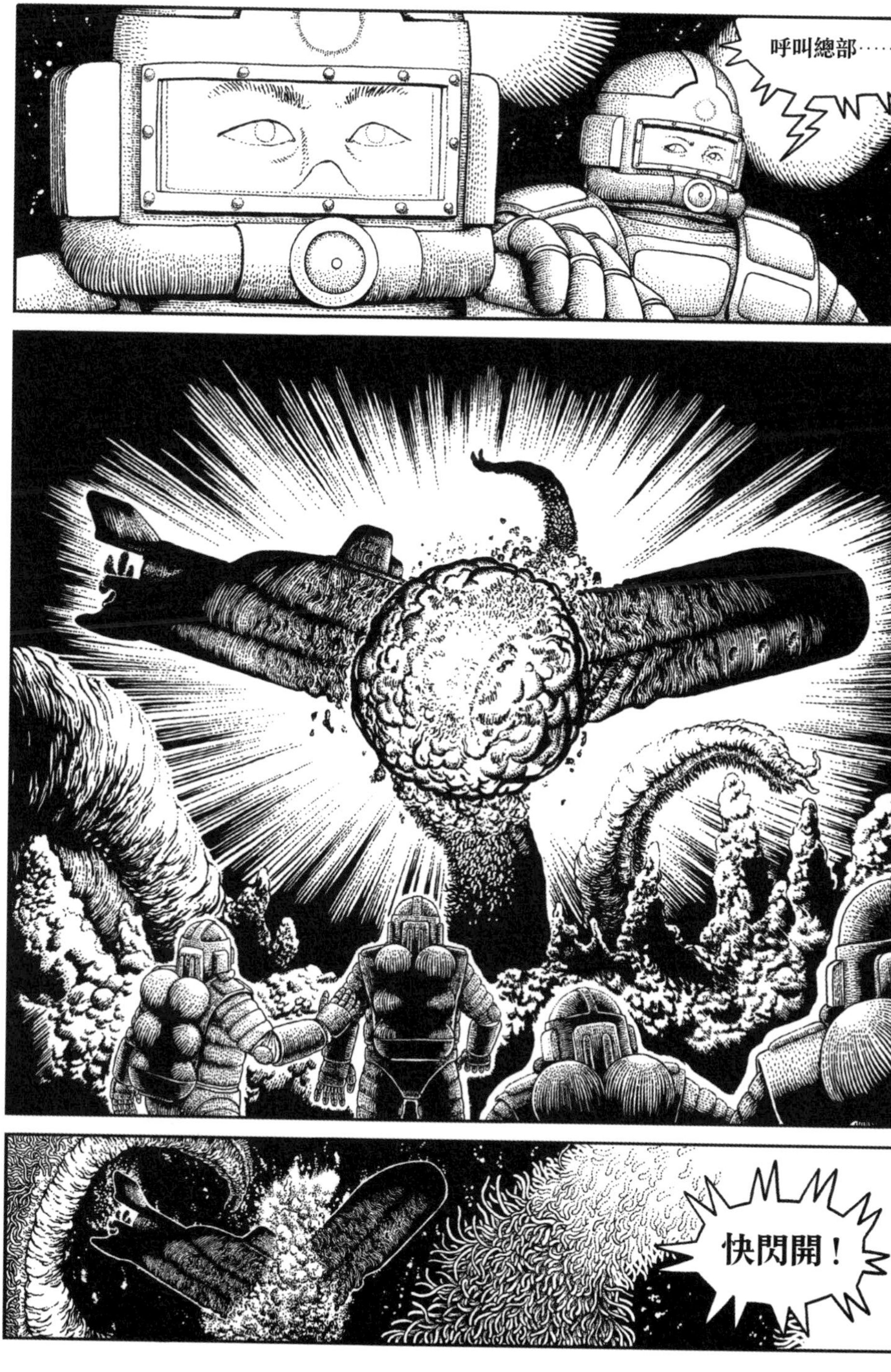

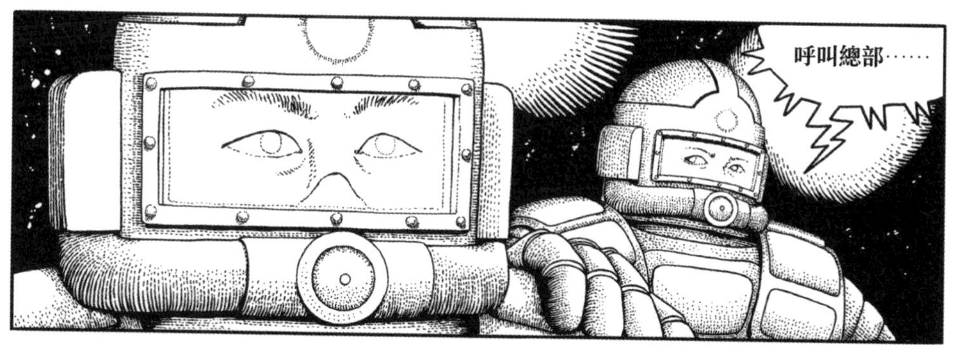
呼叫總部……

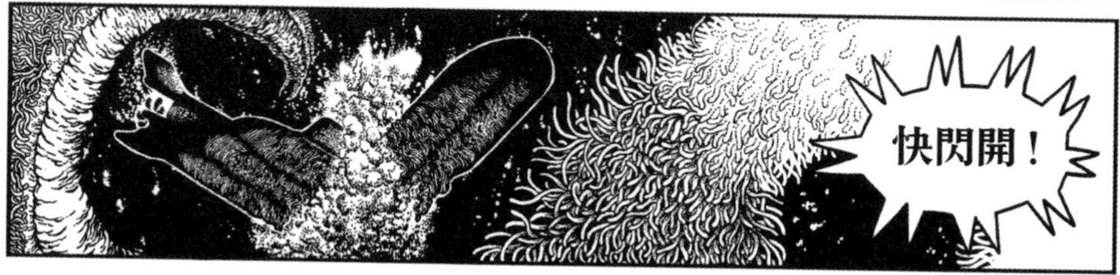
快閃開！

哇啊啊啊！
這是什麼鬼東西！

隊長被抓住了！
快來幫……
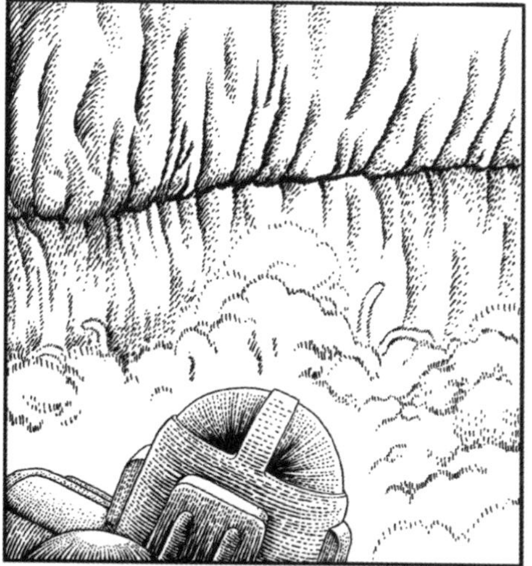

不可能！不可能！
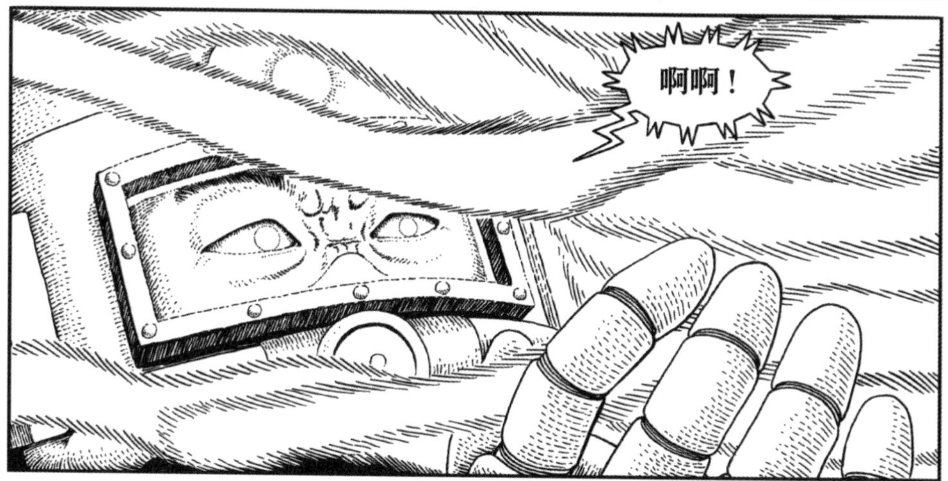
啊啊！

肰後小天使就咻～的出動！

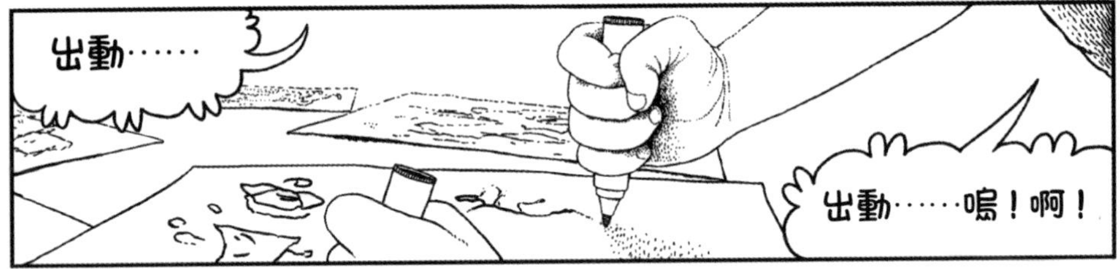

媽媽！筆沒水了！

媽媽？

彩色筆在哪裡～

啊！去年生日禮物的
蠟筆還沒用！
24 CRAYONS

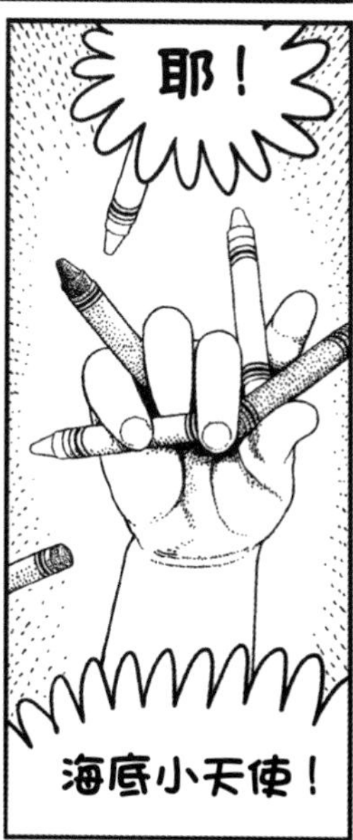
耶！
海底小天使！

出動！

任務指令下達了！
要保護爸爸喔～！
耶～
爸爸很安全！

快死了！
快死了！
糟了！是快要
死掉了警報！
快要死掉了警報?！

剛剛不是還好好的嗎？

真的快要死掉了啦！

但是！
有小天使就不用怕！

小天使最棒！

全體就戰鬥位置！

GO!

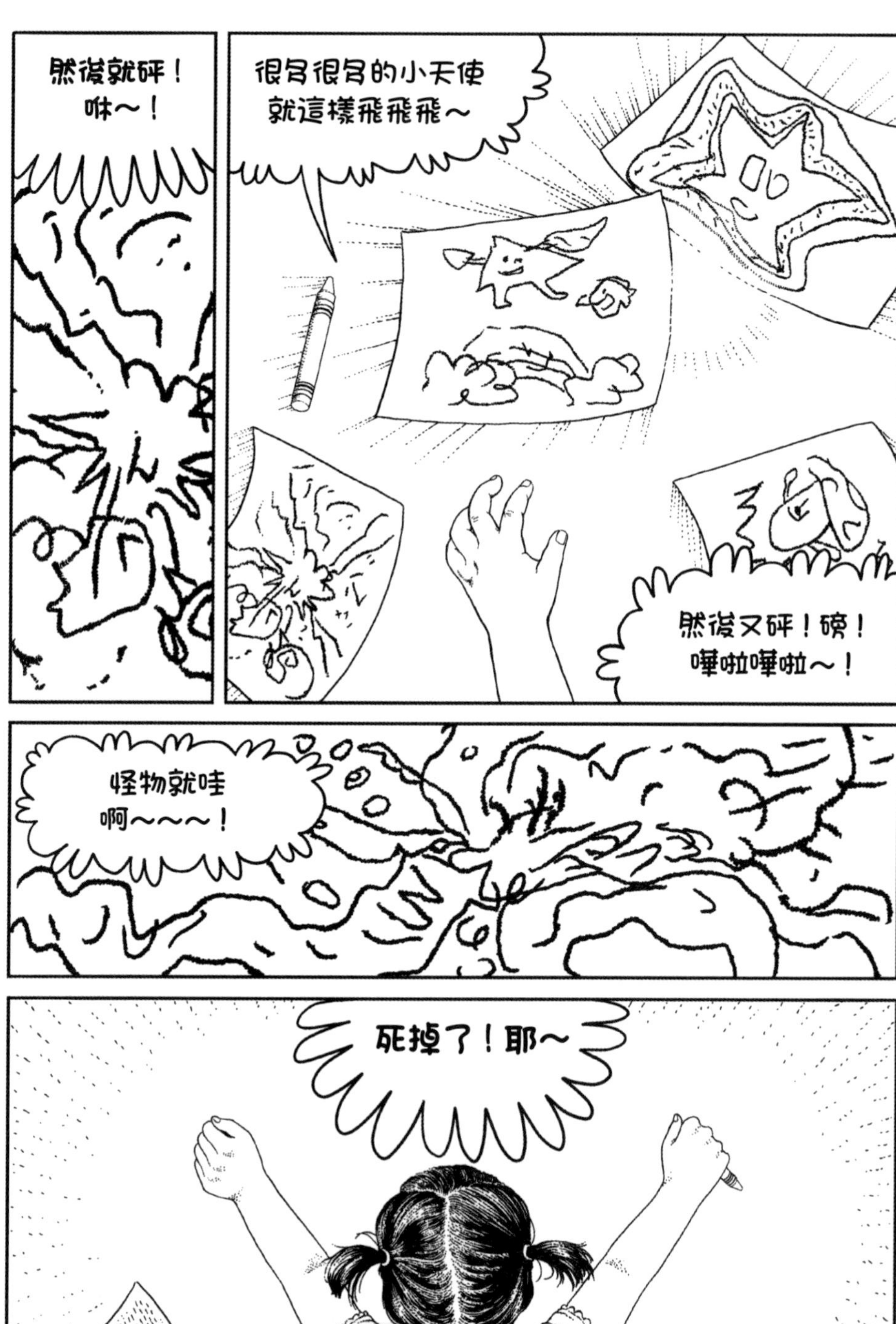

然後就砰！
咻～！
很多很多的小天使
就這樣飛飛飛～
然後又砰！磅！
嘩啦嘩啦～！
怪物就哇
啊～～～！
死掉了！耶～

爸爸要回家了！

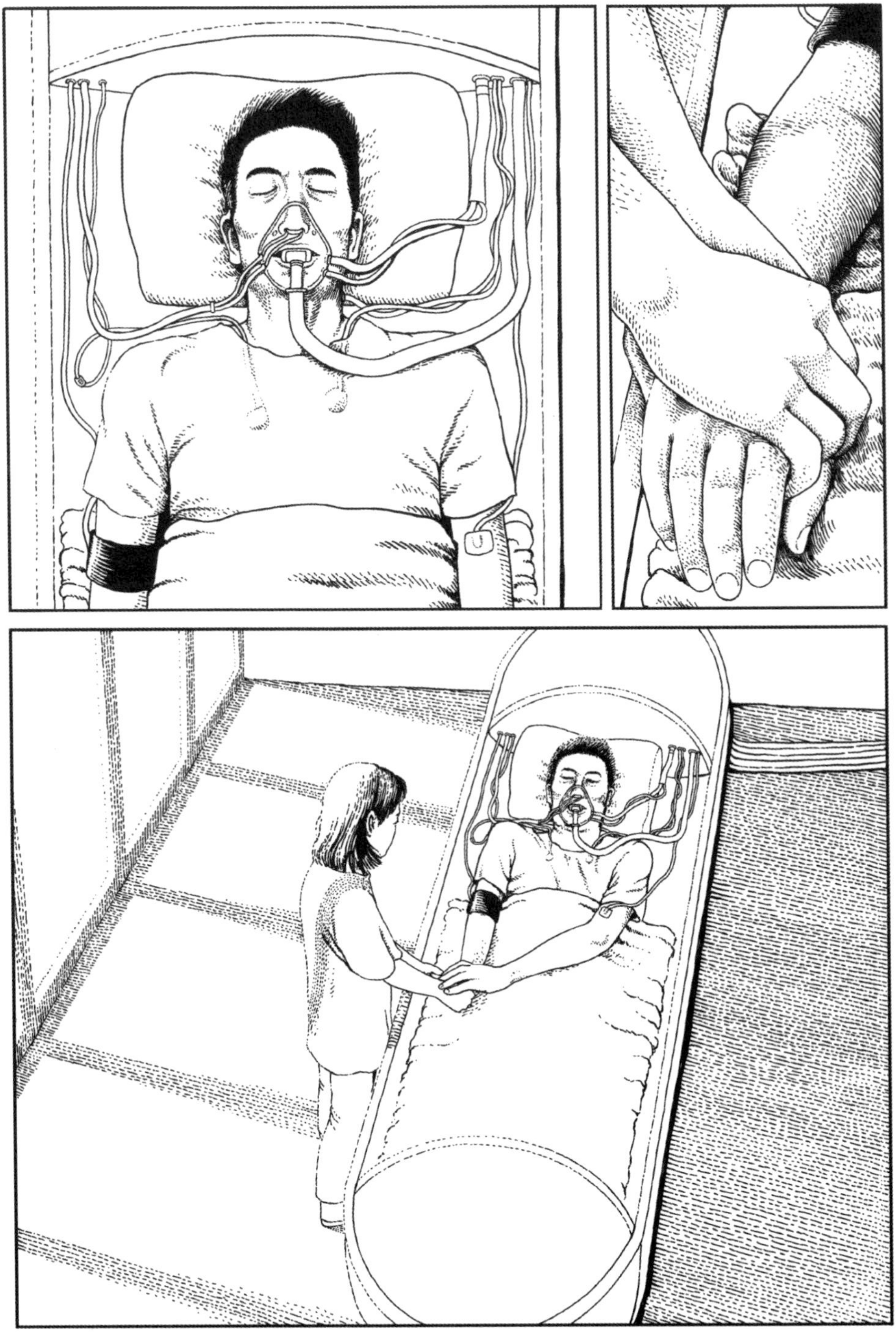

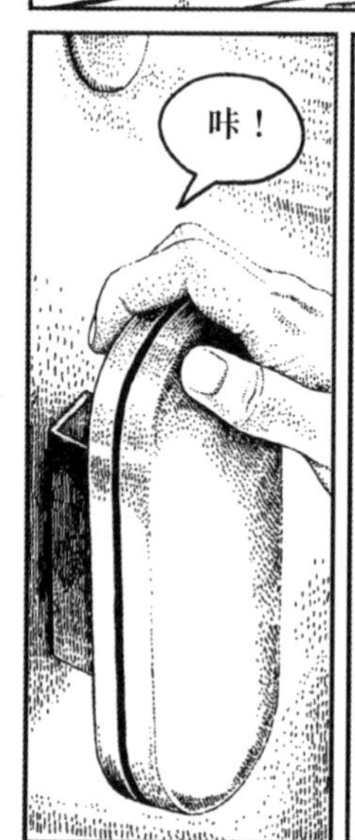
咔！

我不會走了。
嗯。

我想去看看她。
好。

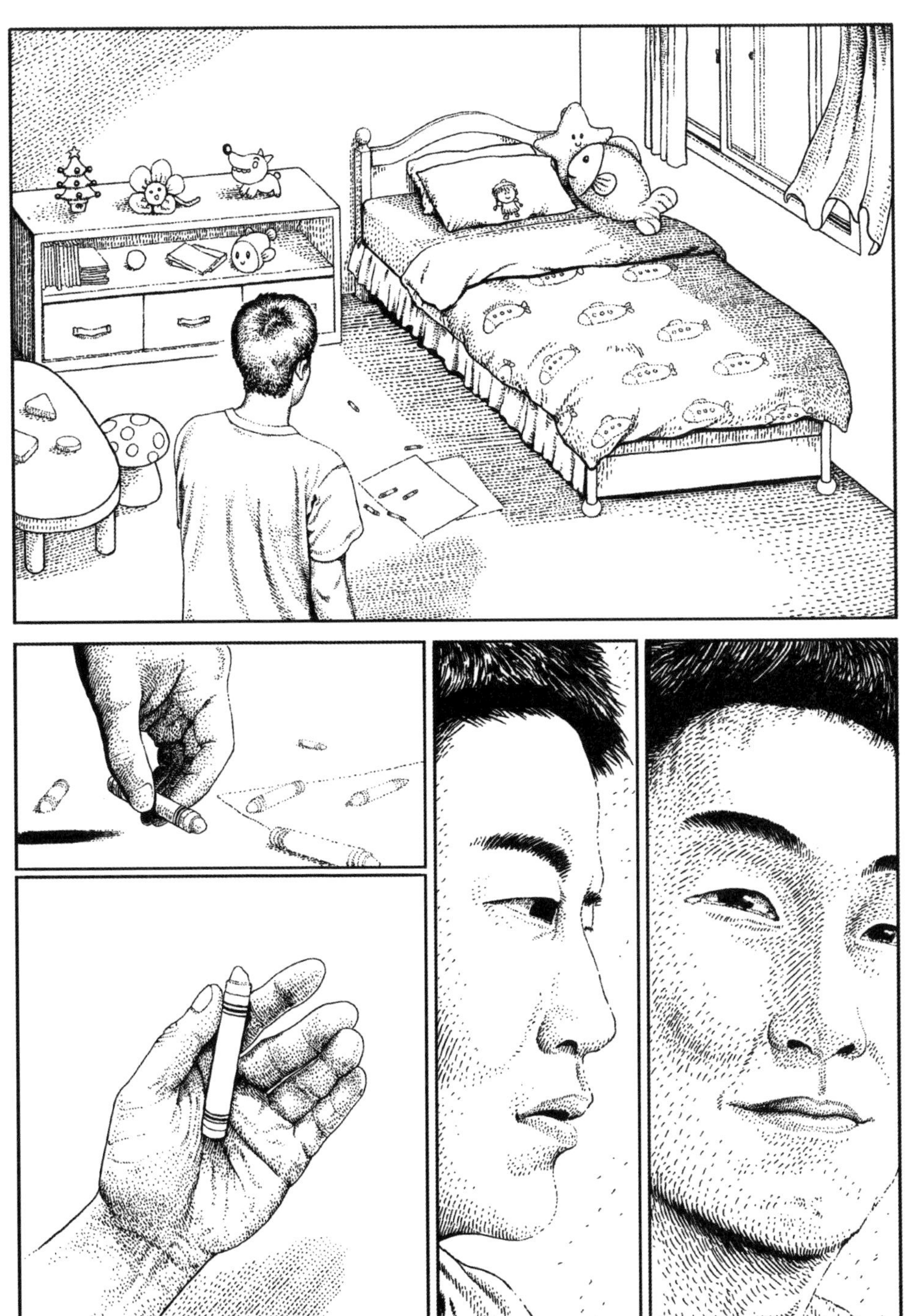

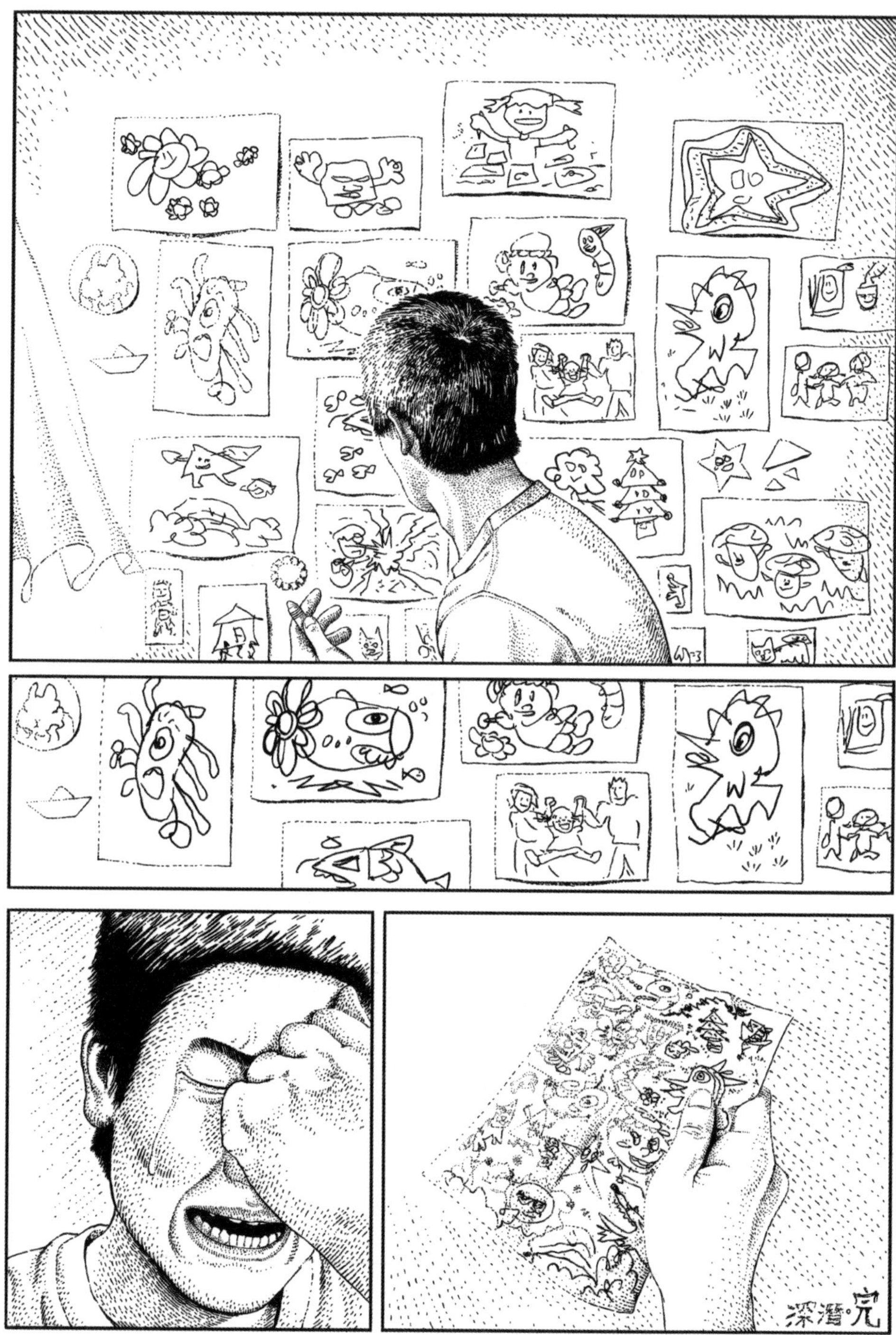
深潛。完

留在你身邊
藥島

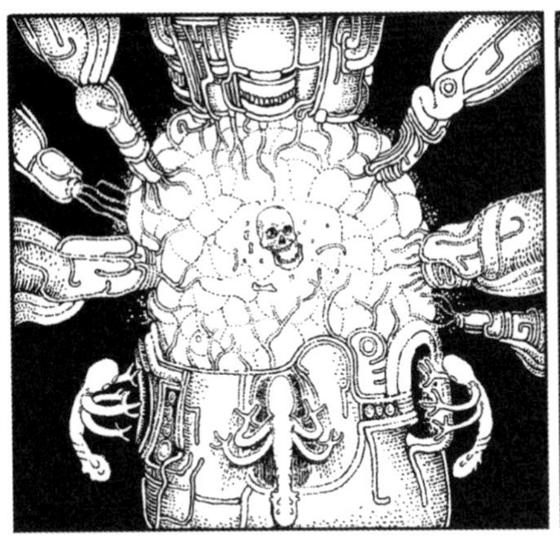

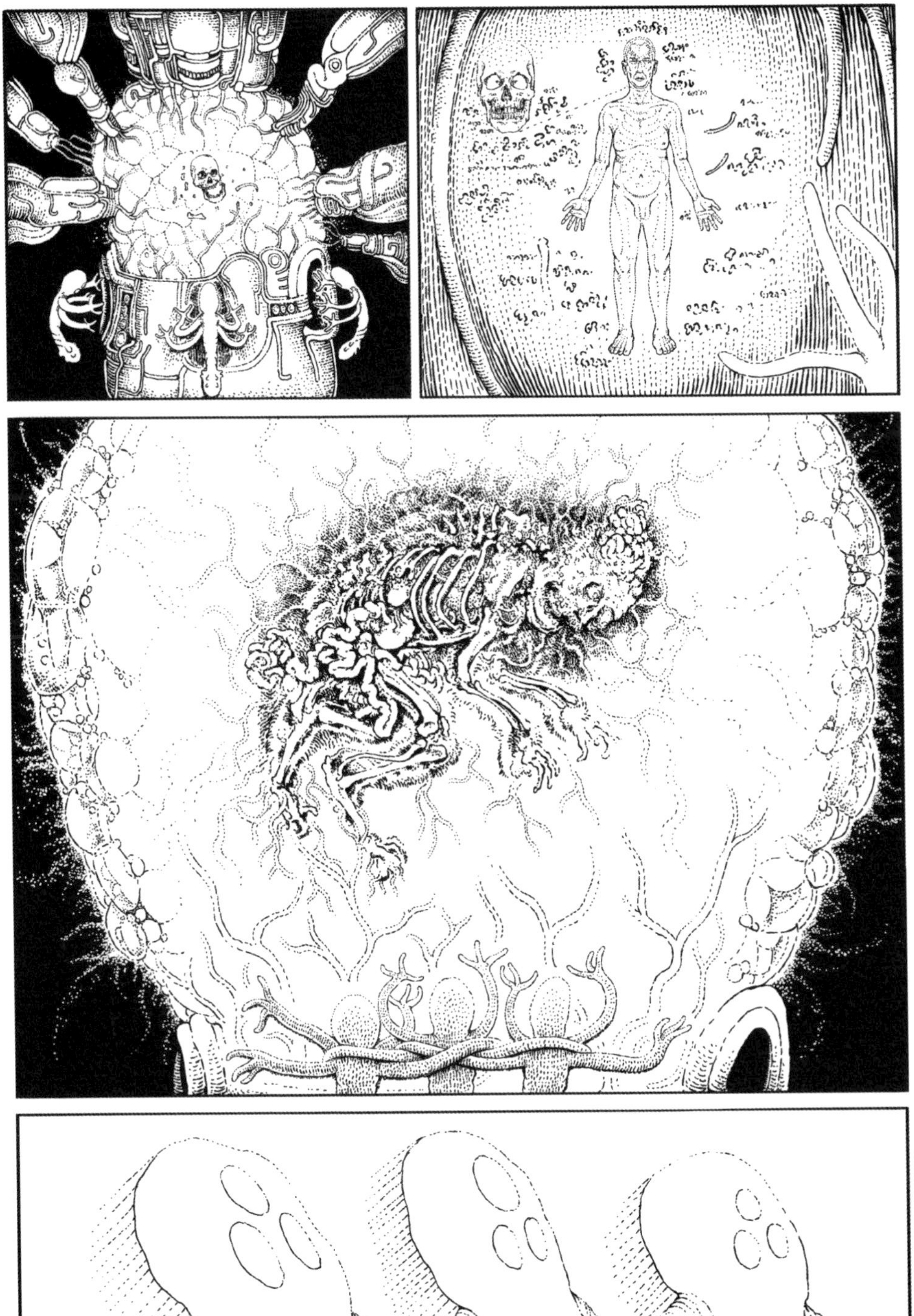

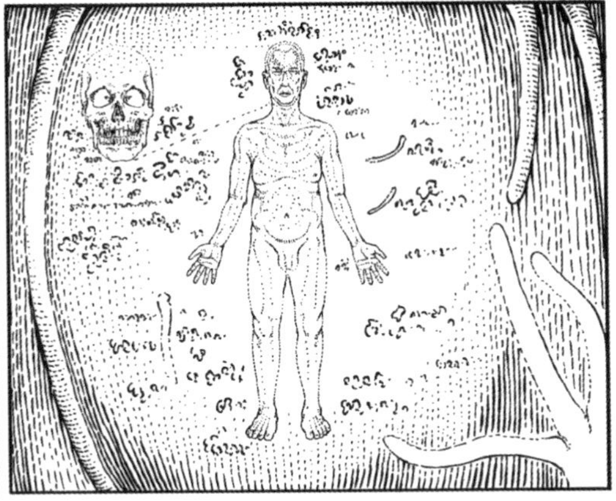

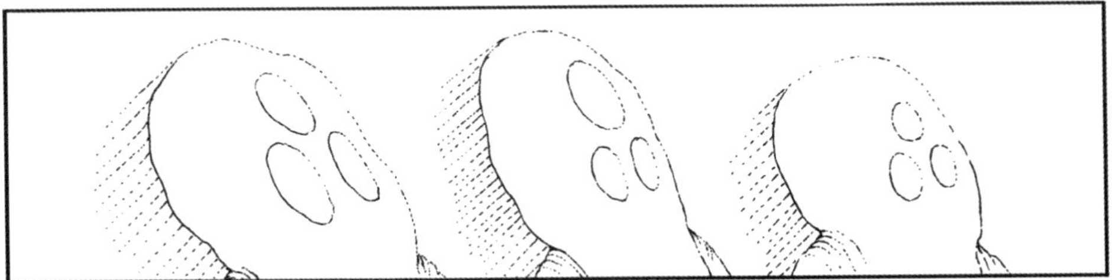

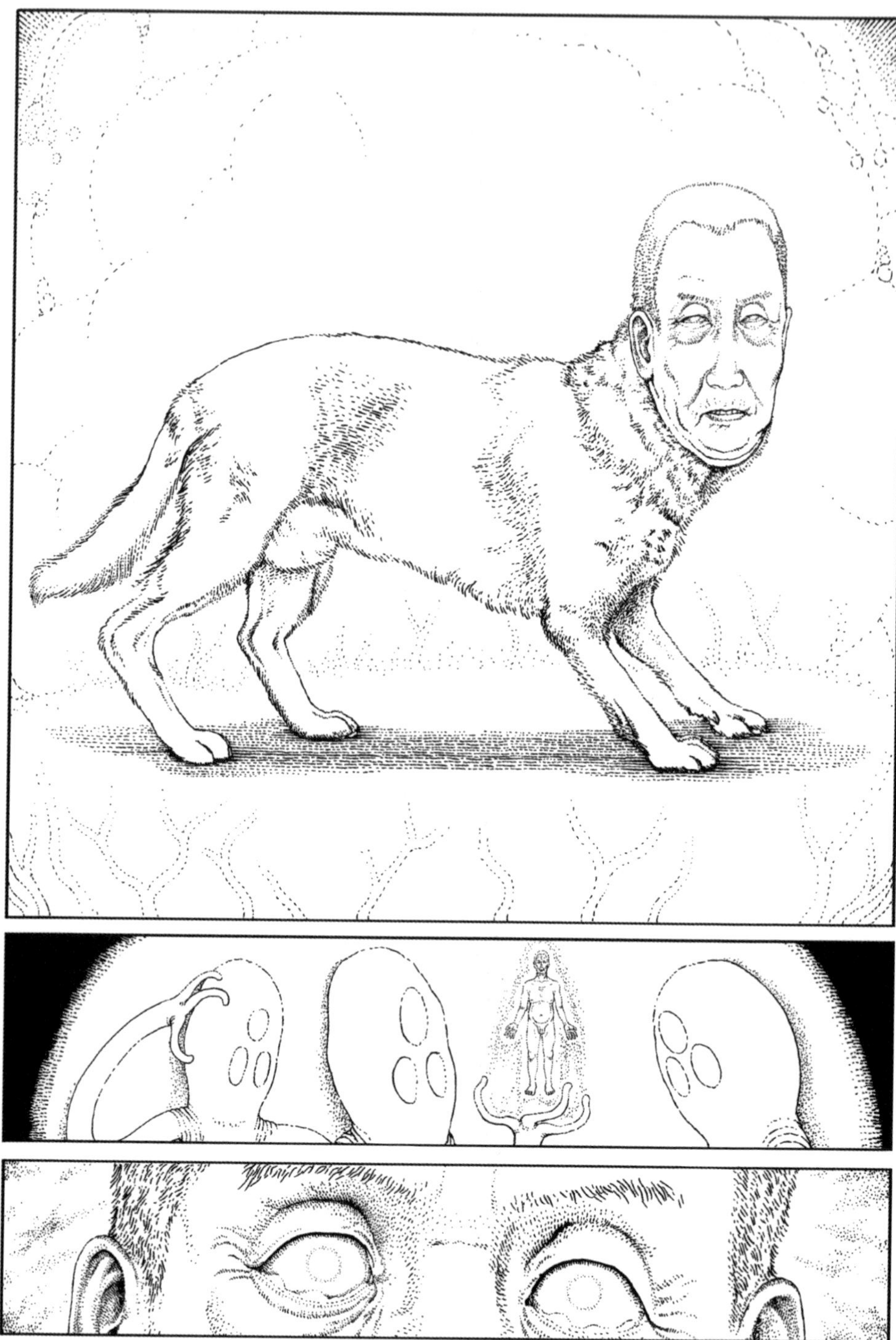

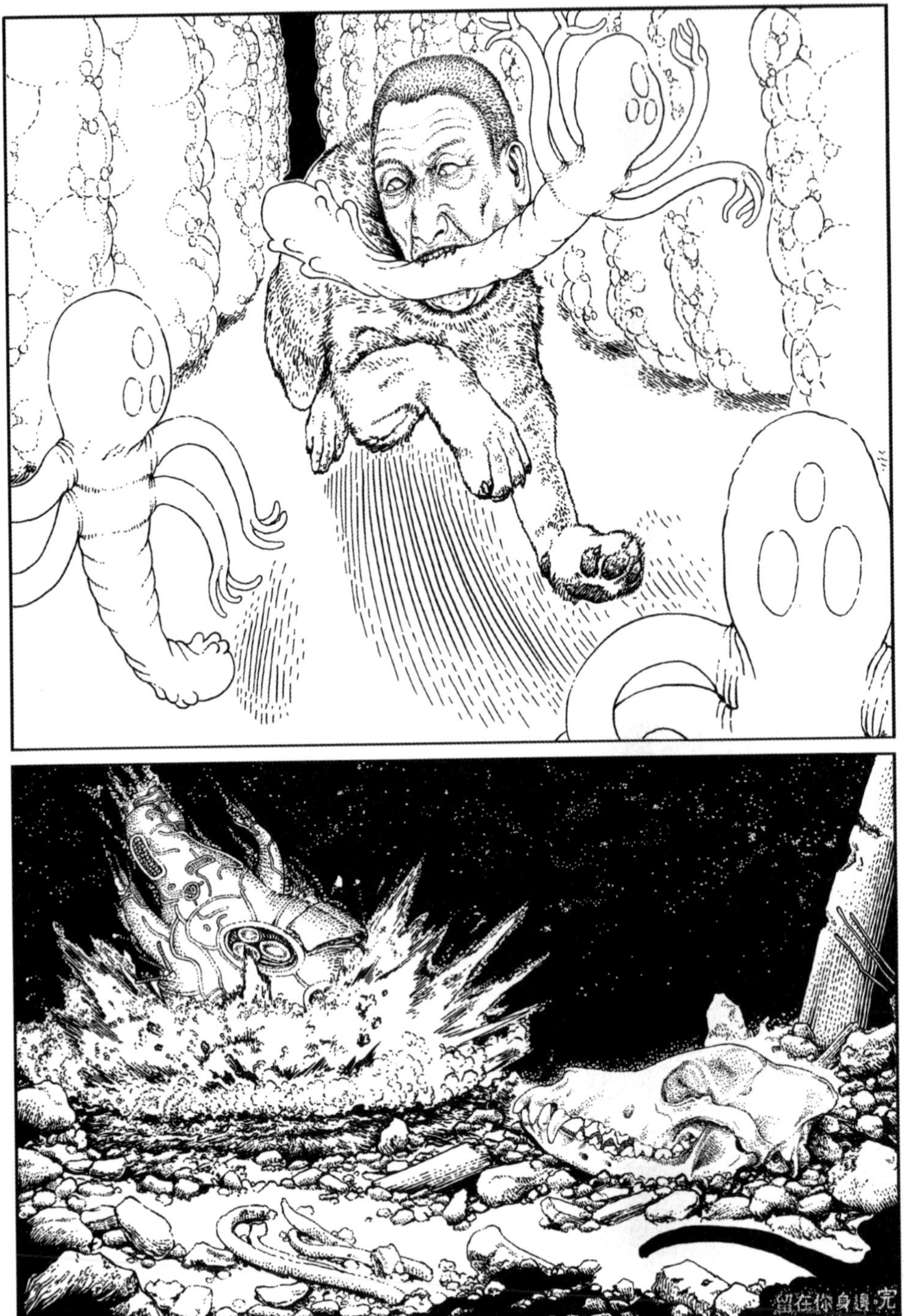

留在你身邊·完

Rest in Pieces

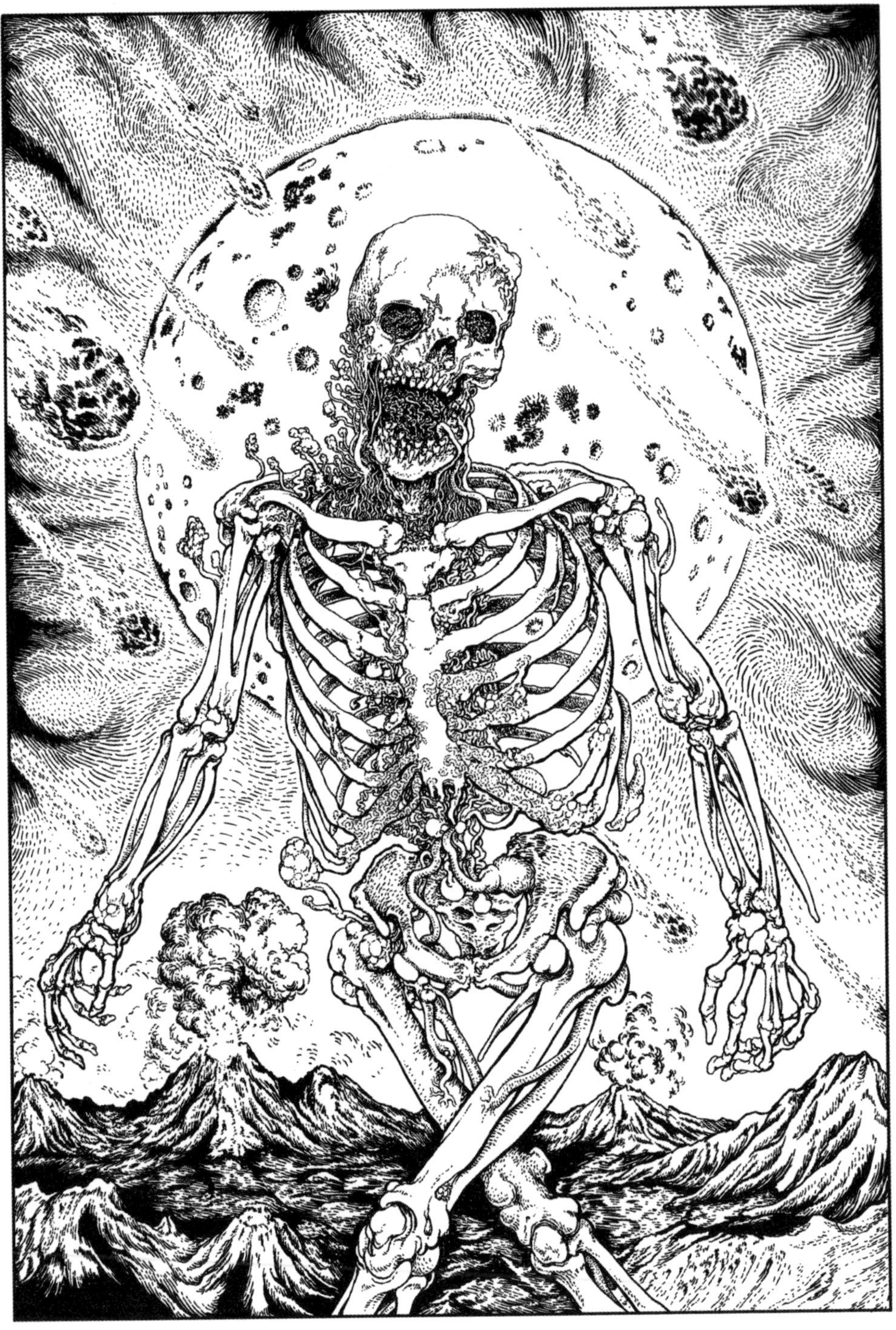

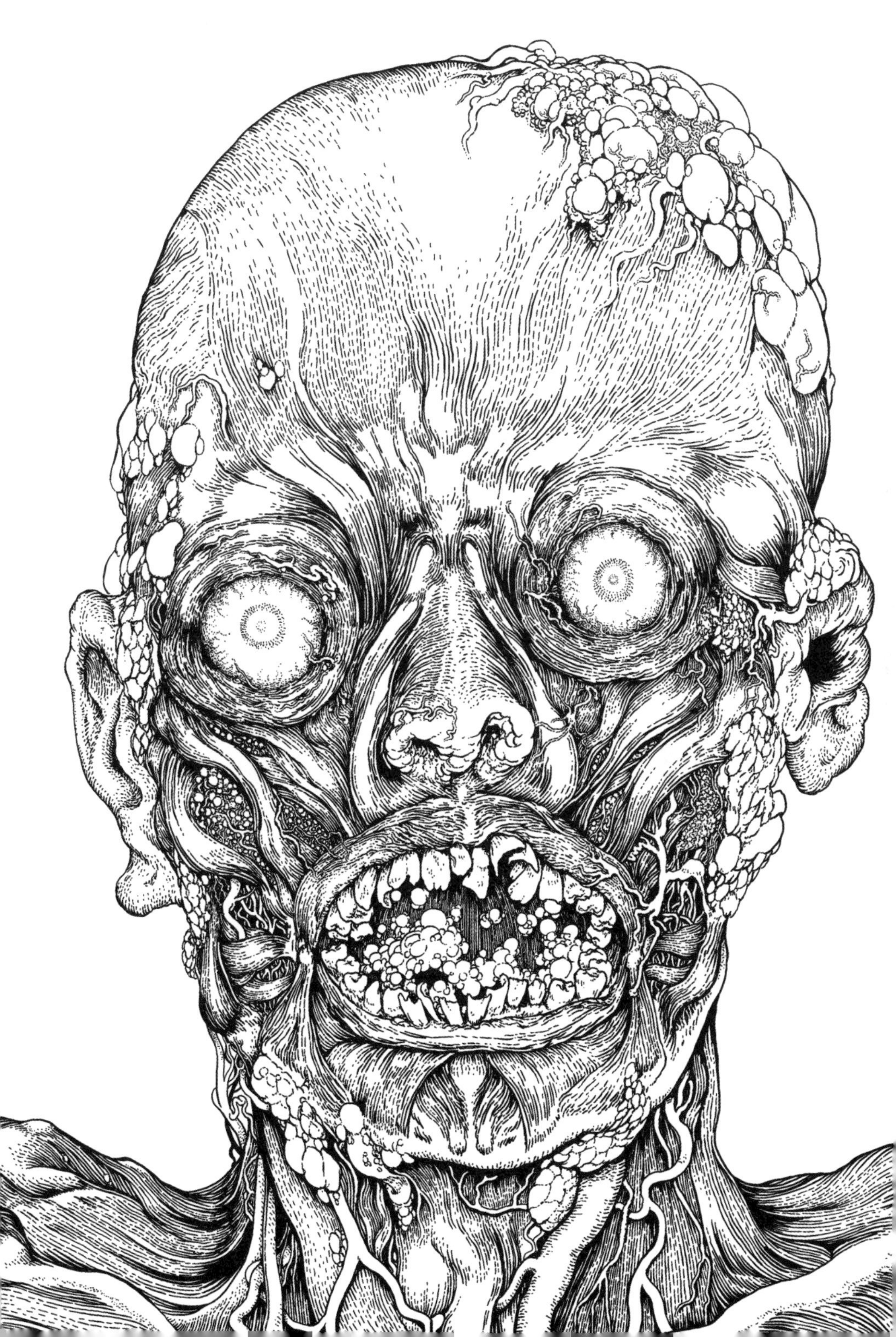

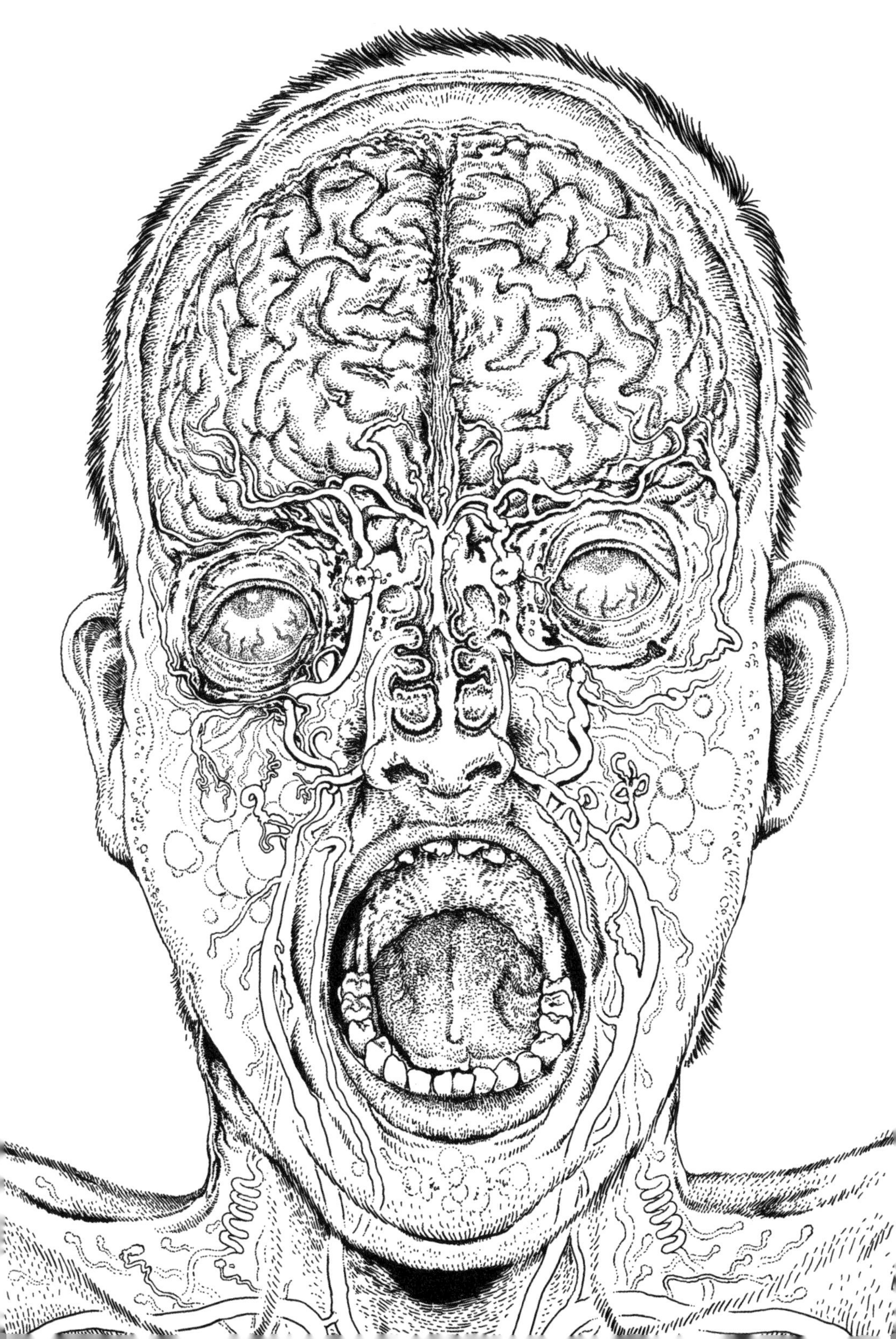

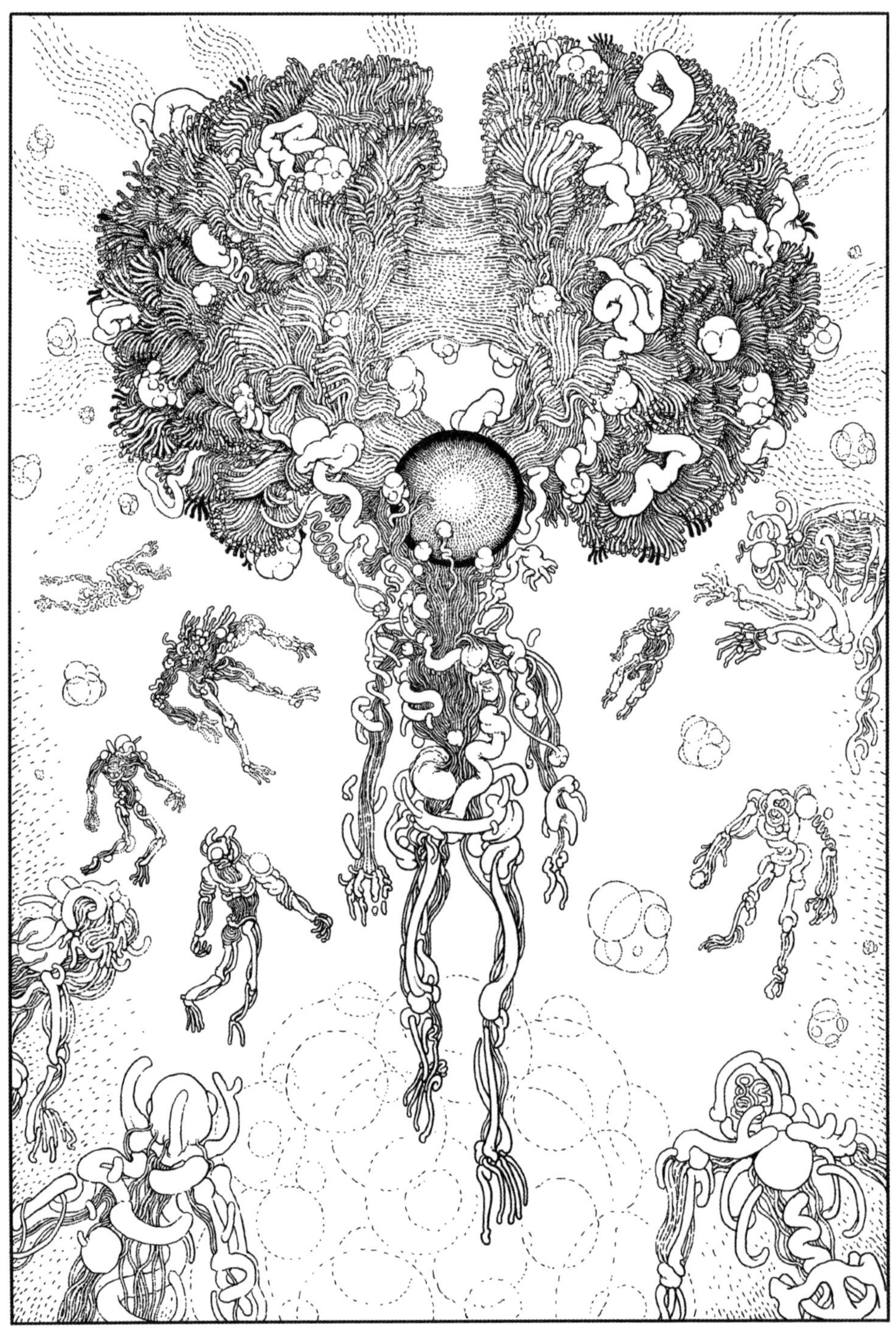

DE CHIRICO
Rest in Pieces
完

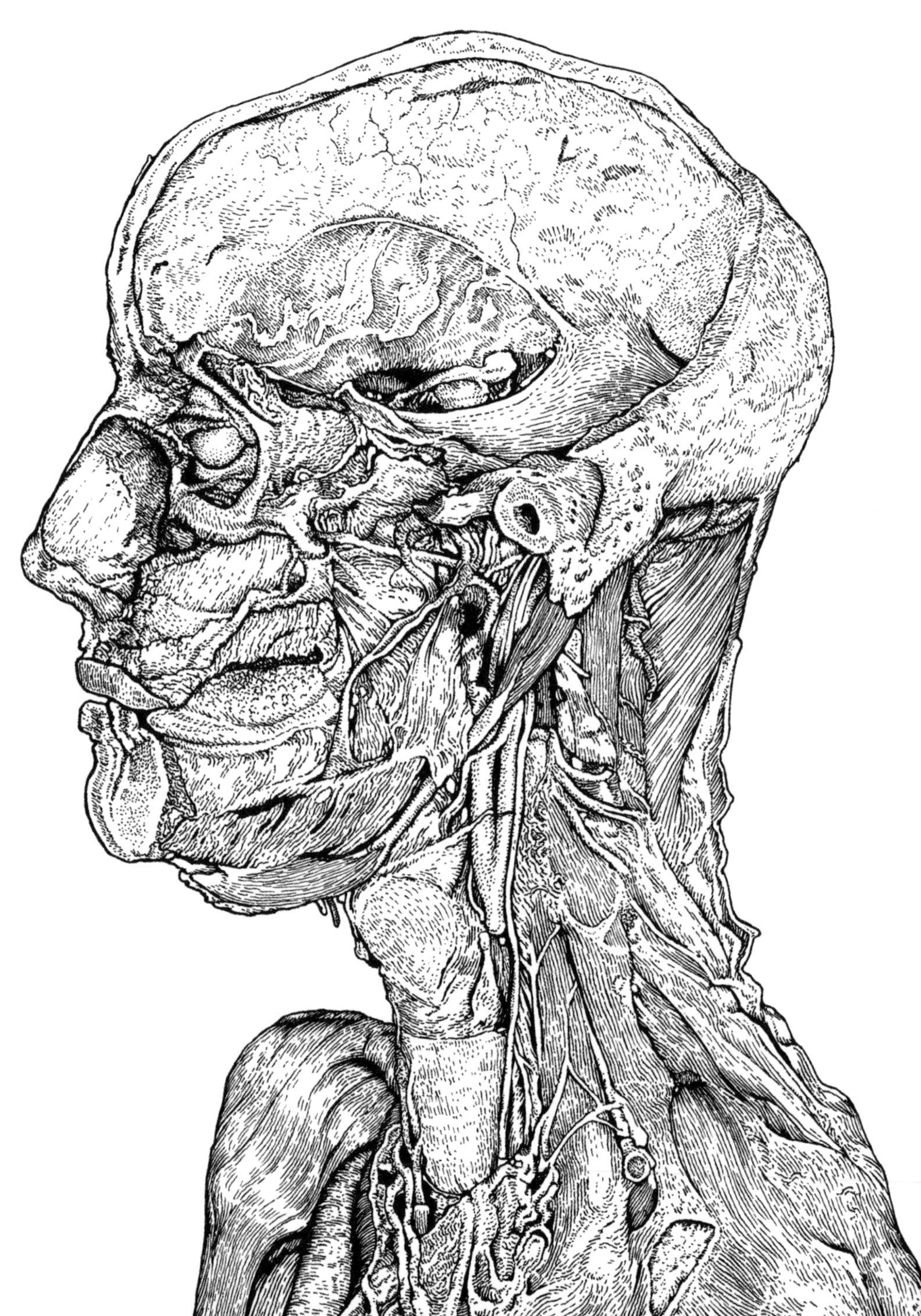

紅元寶
藥島

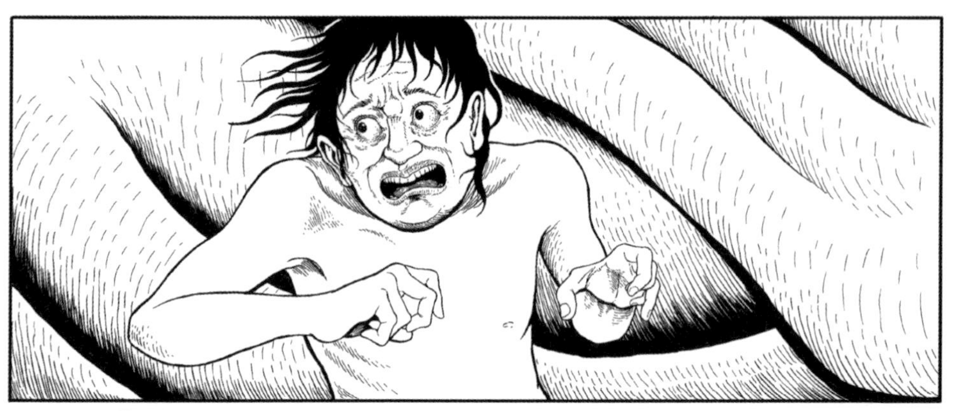

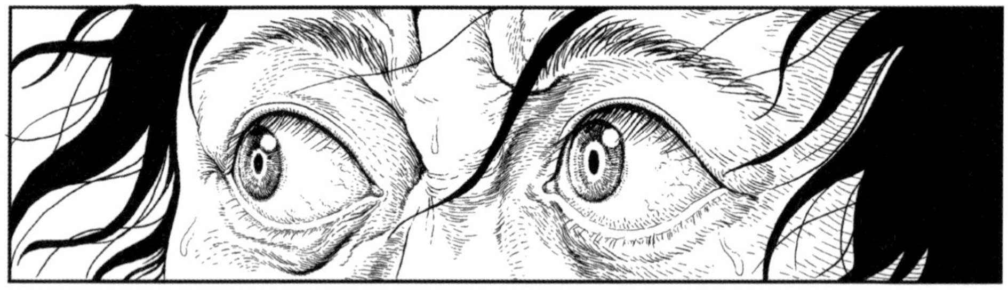

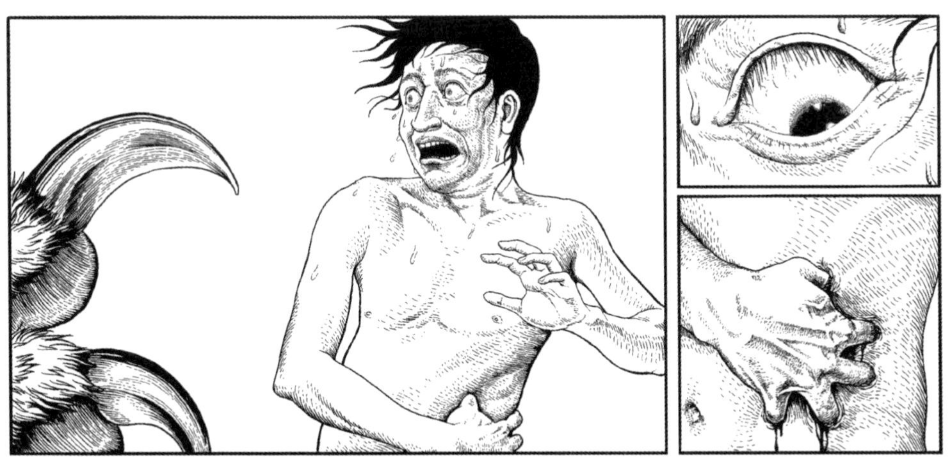
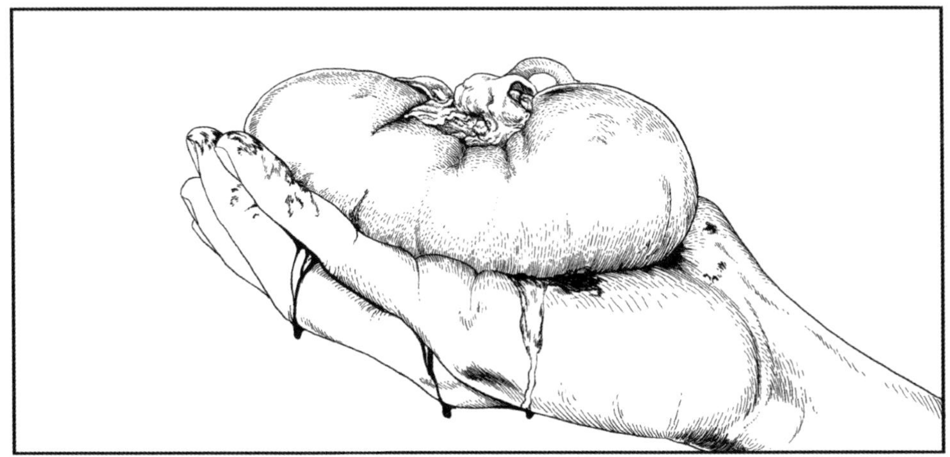
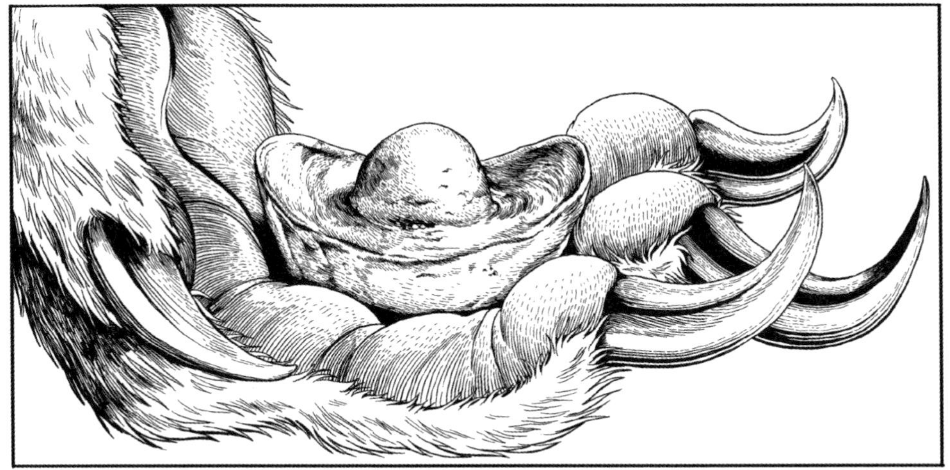

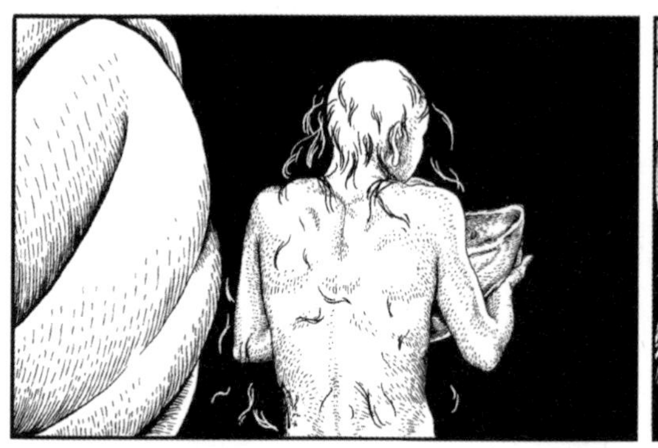

紅元寶◦完

# Somewhere On Fire

# 某處起火了

藥島

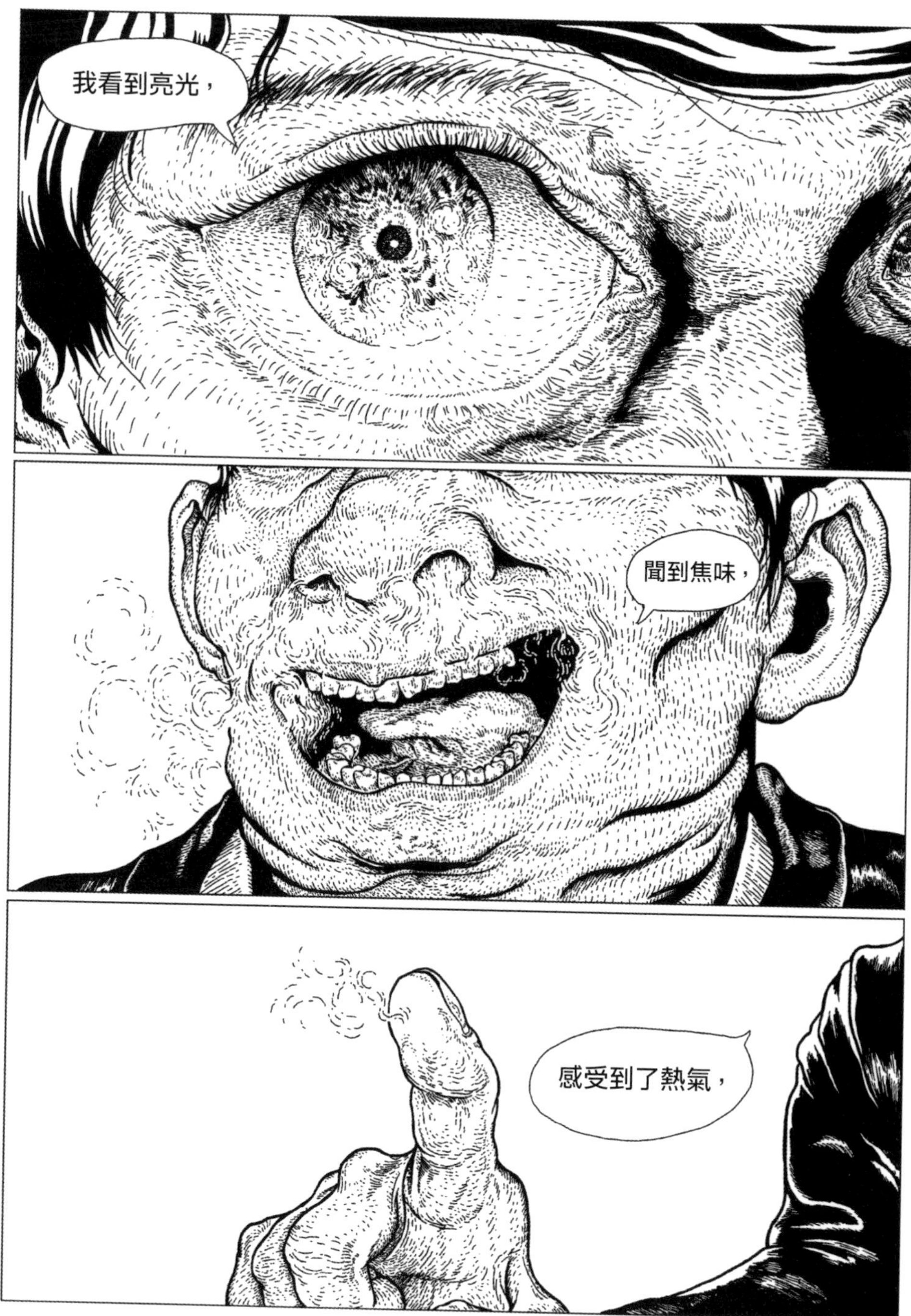
我看到亮光，
聞到焦味，
感受到了熱氣，

某處起火了。
0101440
傑廣華廈
568,
0908 648 832

去幫忙吧！

焦味愈來愈濃了……

小心！

哐

喵！

喵！

亮光⋯

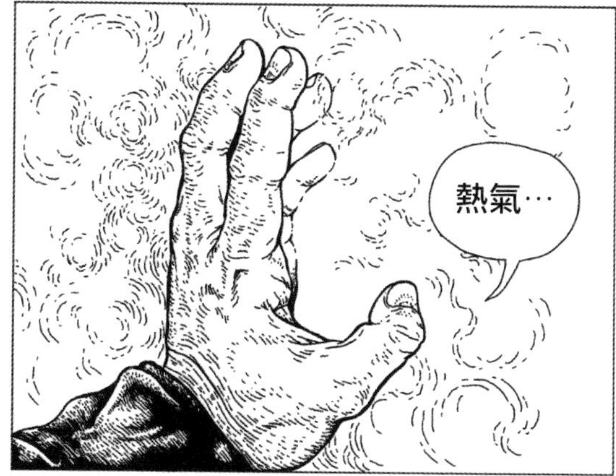


我來幫忙了！

噠
噠
噠
噠

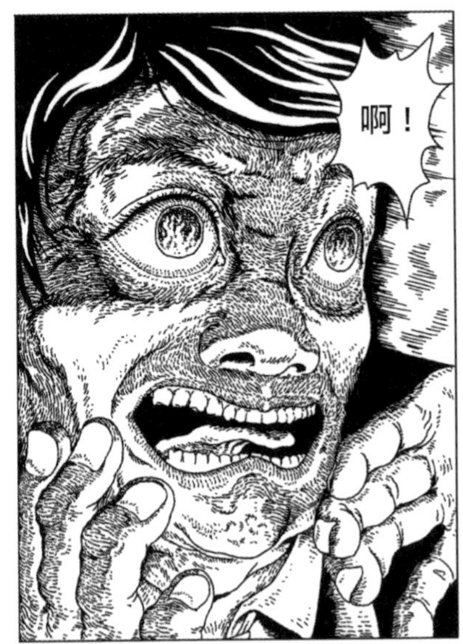
啊！

呼～

啵啵啵…

肉圓
熱炒100起
嗯？

唰—

嘶—

喔。

沒事就好。

最新消息
為您插播一則最新消息⋯

該處突然起火燃燒···
火勢猛烈···
尚未釐清起火原因···

轟
隆
隆
隆

完。

# 後記

因為我熱愛看後記，
所以一廂情願地認為有人也會想看我漫畫的後記，
但若你還有更重要的事要忙，
現在就闔上這本漫畫也無妨。

〈宇宙的幽靈〉2021/07/24 完稿

算是我人生中第二篇漫畫（如果國中登在校刊上的搞笑漫畫不算的話），這篇我將科幻中二魂全力爆發，宇宙！太空船！幽靈！大怪物！全部塞進去！耶！自信滿滿的畫完後投了兩個漫畫比賽，但都落選，一氣之下全部在社群網站上公開，結果大獲好評，謝謝克蘇魯社團的網友們，讓我有勇氣繼續畫下去。

〈幻肢〉2022/01/30 完稿

這篇我後期作畫都當作手腳的寫生練習在畫，深感最好的練習果然是實戰。草的部分畫到崩潰，車子的部分也不太好畫，但畫完的成就感蠻高的。這篇的篇首在整本漫畫中不算是畫最好的，但就氛圍和情境來說，我覺得應該算是最有趣的。

〈國宅出租〉2022/12/30 完稿

幾年前跟著一位導演勘 MV 的場景，跟著製片、攝影和導演看了在南機場夜市附近的好幾棟國宅，我從沒看過那麼酷的地方。後來拍電影又去了幾次，國宅裡的氛圍和所有的一切都令我著迷（有時感到害怕），這篇算是試試看用國宅當場景會怎樣，之後應該會再畫一些以國宅為背景的故事。〈國宅出租〉裡絕大部分的場景都是實際存在的。

〈蚊男〉2023/02/21　完稿

我的飛蚊症時好時壞，如果這能當作題材畫一篇漫畫，感覺比較不枉此病？現在的新狀況是每半年左右會有一次眼睛的視野局部模糊，會有點無法辨識人臉和文字，大約持續半小時到一小時，眼科醫生說是腦部血管的問題，若變嚴重要去看腦血管相關的門診。我或許會以此為題材再畫一篇。

〈鹽水湖王〉2023/08/31　完稿

原本是設定高山上有一座鹽水湖，碰觸到的生物骨頭都會被溶解，只剩下皮肉。主角是搜救隊人員，前往調查登山客大量死亡案件，最終發現原來那座湖是上古時代引發大洪水的水神的遺骸，最終水神復活，蒸發回到地球的水循環中了。我不太確定為什麼故事會變成現在的版本，可能是因為我想畫很多怪物吧，結果連載時好像因此成為了全系列最受歡迎的一篇。不過原本的故事我可能哪天還是會回頭再拿出來畫。

〈愛的解剖〉2024/01/17　完稿

這整本書中我只有這篇曾經幫角色取過名字，但後來發現拿掉也不礙事，就拿掉了。這篇的挑戰是主要角色增加到三個人，而且有對話，並且時序穿插，我覺得算是有達到目標。原先構想還有警察攻堅以及最後教授背著副教授飛向東京鐵塔當蜜月旅行的畫面，幸好改掉了。

〈深潛〉2024/04/15 完稿

這篇分鏡是最早畫完的其中之一，但編輯一直說：你先畫別篇吧。現在回頭看最初分鏡真的超鬧，甚至還有致敬電影《星際效應》的段落，超好笑，幸好後來我迷途知返，改成現在這個樣子，而且我最愛的卡通人物還是有保留下來，真是謝天謝地謝編輯。

〈留在你身邊〉2024/04/26 完稿

算是給日本的人面犬都市傳說一個科幻版的轉譯，畫這篇的原動力是阿伯大叫的那一頁，可以說是為了畫那頁而畫這整篇漫畫。

〈Rest in Pieces〉2023/05/15 完稿

我想畫虛構的人類演化之夢，從葬禮開始，重返地球誕生、生物大爆發、智慧的啟蒙到無法言喻的未來生命，最終死而復生，回到書桌前畫畫。應該是受墨必斯影響吧，他一堆漫畫最後都會回到他在書桌前畫畫的樣子，我覺得很酷。而且就像專輯裡都會有一首歌跟專輯同名啊，我不得不畫！

後面兩篇是本書《器官拼圖》收錄的獨家彩蛋，不包含在 CCC 追漫台上連載的內容裡。是我以前書展擺攤時自己印的小誌《器官預告》以及《某處起火了》的內容，算是相對早期的作品，但我現在依舊很喜歡。

〈紅元寶〉2022/04/13 完稿

這篇試著換了個筆刷，但其實也就只是線條更細而已，後來要畫其他篇時一度在猶豫是要用這個線條去畫還是用〈宇宙的幽靈〉的線條去畫，編輯建議用後者的方式去畫。現在覺得好險，不然線條這麼細我不知道要刻圖刻到何時。

〈某處起火了〉2021/04/03 完稿

這篇是我值得紀念的人生第一篇漫畫，深受柘植義春的〈螺旋式〉影響，因為是極具意義的第一篇，所以我刻意讓劇情發展有些讓人費解，這樣比較不會膩。站在車子引擎蓋上的西裝怪人，騎著貓去拯救世界，但我們永遠無法拯救世界，因為世上總有某處起火了。我到現在還是蠻愛這篇的，畫完這篇後我就心滿意足的去畫〈宇宙的幽靈〉了。開頭的「感受到了熱氣」，後來我才發現是受到了墨必斯的〈貓之眼〉的影響。

＊＊＊

曾有位朋友，我們喝了點小酒，微醺的他勾著我的肩大聲地問我說：「所以你能畫多大啦？你最大張可以畫多大啦！」

這本漫畫尺寸是 14.8x21cm，扣掉邊緣留白算它 12.7x18.7cm，每頁 237.49 平方公分，288 頁的話約 6.8 平方公尺，差不多是大衛．霍克尼的《一位藝術家的畫像（泳池與兩個人像）》的大小，我想這就是我目前能畫的最大張了。希望未來能夠畫到畢卡索的《格爾尼卡》的大小。

謝謝鯨嶼文化的湯社長讓《器官拼圖》得以出版，每次跟你聊漫畫都十分開心且獲益良多。

謝謝設計師蘇維，書腰的設計很有趣；謝謝 CCC 追漫台的編輯林宜柔，總是包容我的任性，你的叮嚀我都有放在心裡；謝謝譽庭姐，你給了我無比的自信；謝謝許智彥，沒有路是白走的；謝謝 Mangasick，沒有你們我不會重拾畫漫畫的夢想；謝謝吳俊佑；謝謝實踐大學媒傳系；謝謝黃健和老師；謝謝雞紐特戰隊（你們這群怪人！）；謝謝全世界的二手書店；謝謝牧平，你是我的最佳頭號讀者，也是最佳助手；謝謝我的家人們，讓我能無後顧之憂的創作，沒有什麼比這個更幸運了；謝謝所有曾幫助我的朋友以及其他台灣漫畫家們，看到那麼多人在畫漫畫真的會讓自己更有信心跳進這個大坑裡。

謝謝史蒂芬 · 金、伊藤潤二、諸星大二郎、墨必斯以及其他成千上百位說故事的大師，讓我只要看一眼書櫃，就能提醒自己這世界有無限的可能性，有無限的故事可以述說。

或許是因為我太怕死了，我才會想方設法的用故事說服自己：死亡並不可怕。以期許自己最終在面對死亡時能坦然一點，因為我有許多故事陪著我。

最後謝謝所有讀者（也就是你！）的閱讀！

藥島　2024.05.12

器官拼圖

作　　者　藥　島
設計 / 排版　蘇　維
社長暨總編輯　湯皓全
出　　版　鯨嶼文化有限公司
地　　址　231 新北市新店區民權路 108-3 號 6 樓
電　　話　(02) 22181417
傳　　真　(02) 86672166
電子信箱　balaena.islet@bookrep.com.tw

網路首發　CCC 追漫台
企　　畫　CCC 創作集編輯部
責任編輯　林宜柔
製　　作　文化內容策進院

發　　行　遠足文化事業股份有限公司【讀書共和國出版集團】
地　　址　231 新北市新店區民權路 108-2 號 9 樓
電　　話　(02) 22181417
傳　　真　(02) 86671065
電子信箱　service@bookrep.com.tw
客服專線　0800-221-029
法律顧問　華洋法律事務所 蘇文生律師
印　　刷　勁達印刷有限公司
初　　版　2024 年 6 月
初版三刷　2024 年 8 月

定價 450 元

ISBN　978-626-7243-70-1
EISBN　978-626-7243-69-5 (PDF)
EISBN　978-626-7243-68-8 (EPUB)